KiWi Paperback

KiWi 569

CHRISTIAN KRACHT
DER GELBE BLEISTIFT

Mit einem Vorwort von Joachim Bessing

Kiepenheuer & Witsch

3. Auflage 2000

© 2000 by Verlag Kiepenheuer & Witsch, Köln
Alle Rechte vorbehalten. Kein Teil des Werkes
darf in irgendeiner Form (durch Fotografie, Mikrofilm
oder ein anderes Verfahren) ohne schriftliche
Genehmigung des Verlages reproduziert oder unter
Verwendung elektronischer Systeme verarbeitet,
vervielfältigt oder verbreitet werden.
Umschlaggestaltung: Judith Grubinger, München
Gesetzt aus der Bembo (Berthold)
bei Kalle Giese, Overath
Druck und Bindearbeiten: Clausen & Bosse, Leck
ISBN 3-462-02905-3

Meiner Begleiterin,
die immer mitgekommen ist.

Surface is an illusion, but so is depth.
David Hockney

INHALT

Ich hasse es, zu reisen. Das hat mit nichts Bestimmtem zu tun, vielleicht liegt es in meiner Natur. Es gibt jedenfalls keinen Grund dafür, den ich nennen könnte.

Noch mehr hasse ich Reisereportagen. Die Fotos schaue ich mir ganz gerne an, aber die Texte dazu finde ich schlimm. Der erste Satz ist da oft ein sogenannter szenischer Einstieg, da »dampft die Luft«, da »rudert der Fischerjunge Ho um sein Leben«, oder es ist gerade wieder einmal »gespenstisch still« am Ufer des Lake Malawi, kurz vor Sonnenaufgang.

Es ist, als zwinge das Schreiben über entfernte Orte die Reporter regelrecht dazu, sich diese für mich ärgerlichen Bilder auszudenken. Als würden sie, kaum haben sie im Flugzeugsessel Platz genommen und sich einen dieser lieblichen Rotweine bestellt, von ihrem Verstand und vor allem von ihrer Sprache weg reisen, um, am Ziel angekommen, von der letzten Stufe der herangerollten Landetreppe aus in eine von Helfern bereitgehaltene Reisehaut hineinzusteigen. Aus dieser Hülle sehen sie dann die Welt mit anderen Augen. Sitten und Gebräuche fallen sie an wie Pocken und überhaupt, so kommt es ihnen vor, ist es dort wie auf einem anderen Planeten. Auf dem wird offenbar auch eine andere Sprache gesprochen. Uralte, längst in Vergessenheit geratene Bilder werden hüstelnd vom Staub befreit und illustrieren dann die Berichte aus grün leuchtenden Maschinenstädten und verminten Reisfeldern. Die Ferne rücken sie mir damit noch weiter weg. Ich möchte dann meinen, sie waren niemals dort.

Alle Geschichten in diesem Buch handeln in der Ferne. Genauer gesagt, in Asien. Fast alle Geschichten sind journalistische Texte. Sie erschienen hauptsächlich in der dicken Wochenzeitung »Welt am Sonntag«, im Rahmen einer Kolumne von Christian Kracht, die denselben Titel hatte wie dieses Buch: »Der Gelbe Bleistift«.

Eine der hier gesammelten Reportagen – sie spielt in Baku – wurde von einem Redakteur des inzwischen eingestellten »Zeit Magazin« mit einer Frage abgelehnt. Nach Lieferung fragte er den Autor: »Where is the beef?«

Das klang gut. Ich roch Qualität.

Also las ich, und ich habe mit Vergnügen gelesen. Kracht ist ein Meister der Sprache und der Subtilität, ich vergaß, daß seine Geschichten als Reportagen gedacht sind. Nicht weil ich aus ihnen nichts erfahren hätte. Ganz im Gegenteil: Ich hatte hinterher eher das Gefühl, die Wahrheit zu kennen. Aus Christian Krachts unaufgeregter und vordergründig unspektakulärer Sprache spricht das Wissen. Wer etwas zum allererstem Mal für sich entdeckt, kann oft die Wichtigkeit seiner Erkenntnis nicht einschätzen und geht trotzdem lautstark damit um.

Kracht hingegen ist ein Wissender, besonders was Asien betrifft. Er hat nicht nur alle diese Länder mehrfach bereist, war Indienkorrespondent des »Spiegel« in Neu Delhi, sondern er lebt tatsächlich dort. In seinen Geschichten geht es deshalb leise zu, das erste Bild läßt er gleich weg. Seine Leser erhalten von ihm lediglich einen bizarren Strauß vermeintlich unnützer Informationen und Beobachtungen gezeigt, dann bricht die Geschichte ab. Und zwar genau an dem Punkt, an dem sie nach unseren Lesegewohnheiten endlich beginnen müßte. Den Wert dieses Erzählstils erfährt der Leser nach der

Lektüre. Ein seltsames Bild, ein Halbsatz geht ihm nicht mehr aus dem Hirn. Verwirrt nimmt er den Artikel noch einmal zur Hand, entdeckt die Stelle, liest von neuem. Wie im Wollkleid an einen Klettenbusch geraten, kann er die Wissensübertragung nun nicht mehr aufhalten. Was viele versuchen, schafft Kracht also wirklich: Er prägt einen modernen Blick auf die Welt.

Dazu kommt noch ein eigenwilliger, wohl von ihm erfundener Erzählstil. Auf den ersten Blick scheinen seine Texte keinen erkenntlichen Aufbau zu haben. Ohne ein Gerippe, ohne einen Handlungsfaden entrollen sie sich in alle Richtungen. Kracht selbst spaziert darauf herum und weist mit einem dünnen, an der Mitte mit Heftpflaster umwickelten Dirigentenstock aus Elfenbein mal auf diese, mal jene Abstrusität. Gibt es keine, dann erfindet er auch keine und leistet sich den Luxus eines seitenlangen, vor sich hin mäandernden Gedankenstroms, der sich über die Weinkarten des Bordbistros eines sauteuren Reisezugs wälzt, bei der Papierqualität von Visitenkarten verweilt, um schließlich schmatzend mit den Lesern einzuschlafen.

Grundsätzlich umkreisen seine Sätze dabei stets ein angenommenes Zentrum, ein Zentrum, das leer bleiben soll bis zum Schluß. Dieses Zentrum ist der gedachte Ort der Stille und Reinheit. Dieser Platz ist für den Leser reserviert. Hier soll er zurückbleiben. Von dort aus soll er das nächste Mal wiederkommen.

Diese Theorie konnte von mir leider noch nicht endgültig bewiesen werden, im Falle der Geschichte »Lob des Schattens« stimmt sie aber schon einmal. Es ist die längste Geschichte dieses Buches, für meinen Geschmack ist sie auch die beste. Bis auf Anfang und Ende, sie spielen in Bangkok, schildert sie eine Reise durch ausgewählte Ort Japans, sowie einiger Begegnungen mit Japanern.

Ein Roboterhund kommt auch darin vor, aber was auffällt, ist die komplett spiralig sich zusammenziehende Form der Geschichte. Als läge ihr der Bauplan der alten Kaiserstadt Kyoto zugrunde, drehen sich die einzelnen Episoden zu einer Locke ein, kreisen sie gemeinsam um das erwähnte leere Zentrum, das nicht angefaßt, nicht angedacht und deshalb auch nicht ausgesprochen wird. Kracht zeigt ein seltsames Japan. Wäre da nicht ein mannshoher Pandabär aus Plüsch auf der Straße, und überreichte ihm nicht ein Hotelangestellter zwei Schuhbeutel aus Nicki in einem Karton, »wie sie normalerweise zum Verschenken von Zobelpelzen verwendet werden«, dann vergäße man, daß man sich in einem anderen Land befindet.

Wenn Kracht also Japan beschreibt, sieht es dort eigentlich nicht anders aus als in Bielefeld, nur hübscher. Die Gärten sind gepflegter, es wird an Rituale erinnert, die über das stumpfe Heckenstutzen hinausgehen, und die sich in Spiritualität, in der Selbstachtung der Menschen dort begründen. Von allein und ohne eine Kommentar des Autors, durch die bloße Beschreibung des Vorgefundenen, stellt sich beim Leser Wehmut ein. Traurigkeit, angesichts seiner eigenen, miserablen Umgebung. In jedem der Texte gibt es solche Lücken im Strom der Beschreibungen, es setzt immer dann aus, wenn es zu konkret werden würde. Das zieht den Leser zehnmal eleganter in den Text hinein, als die ganzen »saftigen« und »süffigen« Bilder, die schlauen Gedanken anderer Reporter es sollen. Die Bewohner des Fremden, Japaner in diesem Fall, kommen bei Kracht selten zu Wort. Wenn, dann sprechen sie Monologe großer Weisheit, besser gesagt, sie liefern ihm den letzten Beweis, daß alles umsonst und vergebens ist.

Im japanischen Nagoya zum Beispiel, trifft Kracht seinen japanischen Übersetzer, Professor Ochi. Beide betrinken sich in einem Kellerlokal mit Reiswein, aber soviel wie der Professor verträgt Kracht nicht. Lallend fragt er seinen weisen Übersetzer endlich, was er von Meisterregisseur Takeshi Kitano hält. Ochi findet, daß der eine Witzfigur sei, eine Art Doris Dörrie Japans, einer, der inzwischen im japanischen Vorabendprogramm Gameshows moderiere wie Kai Pflaume. Lieber spielt er seinem jungen Freund eine CD vor, auf der er, Ochi, selbst die schlimmsten Jammerstücke des Strohhutträgers Muddy Waters neu interpretiert.

Von Junichiro Tanizakis Ästhetikfibel »Lob des Schattens«, deren Kauf vorgeblich Sinn und Anlaß der Japanreise waren, hat der Gelehrte auch noch nie etwas gehört. Damit verschwindet die Geschichte in sich selbst.

Ein anderes Mal trifft Kracht im pakistanischen Peshawar den alterslosen Ibrahim Khan. Der Bärtige entführt ihn in eine Waffenfabrik im Gebirge, kauft ihm für zwanzig Dollar Panzerabwehrgranaten und lehrt ihn damit zu schießen »wie ein Mann«. Das ist dann auch schon die ganze Handlung dieser Erzählung, sie ist durchaus als Geschichte einer Mannswerdung zu verstehen. Bemerkenswert sind vor allem die dabei geschilderten Bilder, die an seinem Wegesrand aufscheinen. Der Gebirgsort Darra wird ausschließlich von strenggläubigen Männern bewohnt. Sie verzichten auf Frauen, halten sich statt dessen an Esel, und beherrschen »die Kunst der schweigsamen Einen Hand«. Als Kracht auf dem Weg zum Schießplatz durch ein »fensterloses Busfenster« nach draußen schaut, sieht er Frauen, die ihm sonderbare Handzeichen machen.

Der flaumbärtige Kellnerbub einer Teestube legt Kracht sachte ein Stück Zucker hin und sagt dazu nur ein einziges Wort: »Rummenigge«.

Auch die anschließende Szene, in der ihn sein Freund Ibrahim über die Hauptstraße zu einem befreundeten Waffenhändler führt, würde Franz Kafka gefallen: »Er ließ seine Hand in meiner Hand, mit der Linken nahm er noch meinen Ellenbogen.« Mit dem beschriebenen »Händchenhalten« hat dies aber nichts zu tun; es ist ein Polizeigriff.

So wie diese vom Autor als zärtlich dargestellte Geste seines Begleiters, ist jedes einzelne Erlebnis im verschwiegenen Bergdorf eigentlich unangenehm und fatal. Von den Propellern des Raketenwerfers über das karstige Schotterfeld geschleudert, bläst Kracht einige Kimmen des Hindukusch weg, verfehlt knapp einige Ziegenhirten sowie die Munitionsfabrik und verliebt sich schließlich in die Kalaschnikow, »Schwert und Schild des Islam«.

Den schwärmerischen Ton, in dem dies alles dem Leser berichtet wird, kennt dieser aus der Geschichte von den verstörenden Briefen her, in denen Geiseln die Fürsorglichkeit ihrer Entführer zu loben gezwungen wurden. Der wahre Brief aber, der mit Blut geschriebene, fehlt.

So geht es immer weiter: Immer gibt der Autor seinen Lesern ein Rätsel auf, daß sich selbst wie eine Seegurke verhält, die, wird sie mit Händen gefangen, sich durch Verjüngungen ihres knochenlosen Körpers durch die Ritzen zwischen den Fingern der Hand hindurch seilt, bis der Fänger dann gerade noch den Endzipfel seiner flüchtigen Beute entschlüpfen sieht, während der massige untere Körper des Gallertwurms sich bereits wieder in die Wellen entläßt.

Das Rätselhafte und die Auswegslosigkeit rücken ihn zu Samuel Beckett. Auch der beschrieb stets Räume und ganze Welten daraus, die sich komplett gegen Zugang und Angriff von außen versperrten. In denen sich Menschen unterhielten, mißverstanden und verirrten. Aber Kracht ist jünger, und er kann unterhalten. Seiner Kunst entströmt auch Licht und Witz, aber den Ursprung seines Humors könnte man wiederum in einem Gedicht von Beckett ergründen:

> So lange das Schlimmste betrachten
> Bis es einen zum Lachen bringt

Er ist ein Meister des Absurden, aber er konstruiert nicht, es war immer alles schon so da. In Phnom Penh zum Beispiel »hasten beinlose Bettler an Krücken« an ihm vorbei. Wer schon einmal dort gewesen ist, weiß, daß es stimmt.

Auch daß dort Frauen mit Kopftüchern von Hermès in offenen Jaguar E-Types über die Uferpromenade am Mekong gleiten, stimmt. Das passiert vielleicht nicht jede Viertelstunde, aber sicher alle drei Tage einmal. Krachts Texte aber funktionieren allein durch extreme Verdichtung. Alle Schichten des Bildes, Zukunft, Vergangenheit und das Momentum friert er zur Atmosphäre zusammen.

Das entspricht absolut der Realität, das macht die Schönheit seiner Texte aus.

Joachim Bessing

DER GELBE BLEISTIFT

IM LAND DES SCHWARZEN GOLDES

So, der Kaukasus. Was weiß ich denn so darüber? Wir hatten auf dem Internat einen Geologie-Lehrer, dem sind im Kaukasus die Zehen abgefroren, als Hitler dort unten die Ölfelder erobern wollte. Eine Zangenbewegung sollte das werden, erst die rumänischen Ölfelder und dann, weiter östlich, die Kaukasischen Ölfelder; Öl für den Rußlandfeldzug, natürlich auch Öl gegen das britische Öl im Zweistromland. Sofort kommt man da ins Mythische hinein, wenn man darüber spricht oder nachdenkt – das Zweistromland, der Kaukasus.

Das große Spiel wurde hier in der Gegend gespielt, vor dem Ersten Weltkrieg, The Great Game; Südpersien und Indien, die ja britisch waren, gegen Nordpersien, da saßen die Russen, und irgendwo dazwischen lagen die deutschen Interessen. Und die waren wiederum verwoben mit den Interessen der Türken, die, quer durch Asien, ein pan-türkisches Reich vom Bosporus bis nach China erschaffen wollten. Und dazwischen lagen die kleineren Interessen noch zweier Völker, die von allen anderen um sie herum ausgerottet wurden – die der Armenier und der Kurden. Kipling, oder irgendein anderer hat mal über Transkaukasien geschrieben, es sei das Zentrum der Welt. Und dieses Zentrum, das darf ich sagen, ist sehr verwirrend, wie wir schauen werden.

Von Enver Pascha habe ich gelesen, dem türkischen Schlächter der Armenier, und von Wilhelm Wassmuss, dem deutschen T. E. Lawrence, der im Ersten Weltkrieg eine neue Front gegen die Briten aufmachen wollte, von Afghanistan kommend, und der schließlich in Kabul steckenblieb und dort, zusammen mit seinen Freunden Kapitän Oskar von Niemeyer und Otto von Hentig zwei Jahre herumsaß und Däumchen drehte, weil keiner die Deutschen ernst nahm. Wassmuss, so heißt es, habe nämlich eine Schwäche dafür gehabt, Frauenkleider anzuziehen, und das habe der Emir in Kabul damals eher als unangenehm empfunden.

Von den 23 Kommissaren der provisorischen Sowjetregierung in Baku habe ich gelesen, die eines Nachts vor die Stadt gebracht wurden und an einer Eisenbahnlinie erschossen wurden. Man sagt, die britischen Offiziere standen daneben und sahen zu, und heute soll es noch ein Gemälde geben in Baku, gemalt vom sowjet-revolutionären Maler Isaac Brodsky, und links am unteren Rand des Bildes sei eben der historiologische Beweis der Mitschuld der Briten an dem Massaker zu sehen.

Und dann gab es vor kurzem natürlich den immer wiederkehrenden Tschetschenien-Krieg, der immer wieder allerschlimmstens aufflammt, den Ölfluß vom Kaspischen Meer nach Rußland unterbrechend, und daß die große Krise, das finale Armageddon, wenn es kommen wird, seinen Anfang in eben diesem undurchsichtigen Zentrum der Welt, im Kaukasus nehmen wird. Es ging, so erinnere ich mich, um das verwirrende geopolitische Geflecht dreier Pipelines, die eine über eben das besagte Tschetschenien, die zweite über Georgien – dessen Präsident Eduard Schewardnadse neulich zum zehnten Mal nur knapp einem Attentat entgangen war – und die dritte durch den Iran und durch die Türkei, und von dort endlich an die Raffinerien und bis an die Zapfstellen Europas.

Also: Es ging früher wie heute da unten in Baku um Öl. Unter dem Kaspischen Meer liegt mehr Öl als unter Saudi Arabien und Kuweit zusammen. Die Lufthansa fliegt heute dreimal die Woche dorthin, die British Airways und die KLM ebenfalls, und bald auch die Swissair. Und doch weiß man so gut wie nichts über Baku. In den Reisebuchhandlungen gibt es keine Reiseführer über den Kaukasus, weder bei *Dr. Götze Land & Karte* in Hamburg noch in der größten der Welt, in London. Vergessen Sie es, heißt es, da will doch eh keiner hin. Und das wiederum war ein ausgezeichneter Grund, sofort dorthin zu fahren.

Der Flug Frankfurt-Baku ging von einem Gate tief unten im Keller ab, sozusagen im Strafkeller des Frankfurter Flughafens. Überall in diesem Keller lag Dreck herum, und Papierschnipsel und Zigarettenkippen. Undurchsichtige Amerikaner in beigefarbenen Anzügen flogen mit. Das große Fieber des schwarzen Goldes stand ihnen mit dicken Buchstaben auf der Stirn geschrieben. Fette, reiche Punjabis mit Sikh-Turbanen und silbernen Nike Air Max-Turnschuhen standen herum, rauchten Zigaretten und traten sie mit den Füßen auf dem Boden aus, obwohl das Rauchen verboten war.

Der Flug selbst hatte erst recht etwas von einem Strafflug, zumindest für die Stewardessen. Das erste, was auffiel: Alle Passagiere redeten viel lauter als gewohnt, viel lauter als Passagiere sonst in Flugzeugen miteinander sprechen. Sehr betrunkene Männer in schwarzen, schlechtgeschnittenen Jacketts und schwarzen, eckigen Wollhüten verlangten erst nach Whisky, dann, als der ausgetrunken war, nach warmem Wodka. Sie rochen ungewaschen und warm, nach Ziegen und nach Schafen. Es wurde gesoffen und geschrien und gequietscht, und die Stewardessen verdrehten die Augen, und während der Landung spielte »Barbie Girl« von Aqua.

Die Lufthansa setzte auf dem Rollfeld auf, kam zum Stehen, und aus der Scheibe des zerkratzten Plastikfensters konnte man sehen, daß es keinen Finger geben würde. Das, so dachte ich bei mir, unterscheidet ja immer den interessanten Teil der Welt vom uninteressanten Teil – daß man aus dem Flugzeug steigt mit seinem Handgepäck und dann selbst über das Flugfeld zur Empfangshalle laufen muß, ohne Finger, wie es heißt, und ohne Bus.

Dort war der Zoll. Ein paar Bretterverschläge, mehr nicht. Und dort am Zoll fuchtelten türkisch aussehende Männer in sowjetischen Uniformen mit Kalaschnikows herum und schrien sich an. Die roten Sterne auf ihren Mützen und an ihren Revers hatten sie mit einem auf grünem und roten Grund gestanzten Halbmond ausgetauscht. In der Flughafenhalle roch es nach Bohnerwachs. Die Neonröhren in den aufgesprungenen Anzeigetafeln knisterten. Es roch auch nach Döner Kebab, es roch also türkisch, dachte ich, türkisch und alt.

Da ich aus dem einfachen Grund kein Visum hatte, daß in Deutschland drei Wochen lang niemand an das Telefon der aserbaidschanischen Botschaft gegangen war, wurde mein Paß einbehalten. Macht nichts, sagte man mir, ich könne ihn mir werktags im Außenministerium abholen. Morgen war Sonnabend. Mein Paß verschwand in der Aktentasche eines Mannes mit großer Persianerkappe, er schob dafür einen rezeptgroßen, rosafarbenen Zettel herüber, den, so schärfte er mir ein, man auf keinen Fall verlieren durfte.

Merkwürdigerweise mußte das Gepäck nach dem Zoll noch einmal geröngt werden, obwohl keiner der Männer mit den Kalaschnikows und den komischen Hüten auf den

Schirm schaute. Ich nahm schnell ein Taxi – einen weißen Wolga – zum *Hotel Stary Intourist* in der Innenstadt, für fünfundzwanzig Dollar. Es ging an unzähligen Tankstellen vorbei, der Liter Diesel kostete – hurtig umgerechnet – fünfzehn Pfennig. Ich zählte vierundvierzig Tankstellen auf dem Weg nach Baku.

Hier ging es gleich um Benzin und um Öl und um Aggregatszustände, das war vorher nicht so klar. Hier in Baku ging es um diesen halb schmutzigen, halb sauberen Stoff, der erst schlecht riecht und dann ganz gut und der die Dinge in Bewegung hält. Vor neunzig Jahren lieferte Baku die Hälfte des in der Welt verbrauchten Öls. Armenier, Türken, Russen, Briten, Juden, Deutsche und Amerikaner bauten sich hier Paläste, die Dynastien der Rothschilds und der Nobels begründeten hier den größten Teil ihres Reichtums. Und heute sollte das endlich wieder so werden. Die großen Konsortien waren wieder da, und mit den Konsortien natürlich das große Geld und die Hoffnung auf das Benzin, das fließen mußte und auch fließen würde.

Mein Güte, hier ging es um Benzin, ja. Hier an der Straße vom Flughafen in die Stadt war das Benzin schon zu haben, noch für unglaublich wenig Geld. Nur daß es das Destillat des Öls, das Destillat des *Crude* sozusagen schon hier gab, schon fertig gemacht und aufbereitet, zur Abfüllung direkt aus dem Schlauch in den weißen Wolga hinein, das war nicht so klar.

Im *Hotel Stary Intourist* herrschte Totenstille. Es gab keine anderen Gäste. Die Lobby war ganz in Orange und Gold gehalten, zwei Farben, die in ihrem Zusammenspiel Schlimmes auslösen können. Eine Frau mit sehr schlecht blondgefärbten Haaren und noch schlechteren Zähnen lag auf einer

Couch in einer Ecke der Empfangshalle und starrte in einen Grundig-Farbfernseher.

Sie sah kurz hoch, als ich hereinkam, und starrte dann wieder auf die RTL-Sendung. Ich kramte meine drei Worte Russisch hervor, und sie sagte auf deutsch: 280 Dollar die Nacht, Vorkasse.

Das Zimmer war so, wie man sich Zimmer mehr oder weniger schon immer gewünscht hatte: Stalinistische Strenge und Entbehrung trafen auf türkische Schludrigkeit. Eine große Fototapete klebte an der Wand neben dem mit braunem Manchester-Cord bezogenen Bett. Ein Bergsee war darauf zu sehen, eine grüne Wiese, Fichten und Tannen, gelbe Blumen. Die Fototapete war in der Schweiz aufgenommen. Ich inspizierte das Badezimmer. Das Toilettenpapier war aus sauber zurechtgeschittenem Zeitungspapier.

Während ich auf dem Badewannenrand saß und in den angegilbten Spiegel starrte, in dem meine Gesichtshaut erst fahl wirkte und dann, mit der nach zwei Minuten stroboskopartig einsetzenden Neonbeleuchtung eine seltsame türkise Färbung annahm, entfaltete ich stückweise das Toilettenpapier und dachte darüber nach, welcher Teil der 280 Dollar nun dafür aufgewendet wurde, ich meine, gab es eine direkte Verbindung zwischen dem Toilettenpapier, dem Hotel, meinem Geld und dieser Fototapete? Ich überlegte eine Weile, und dann ging ich wieder ins Schlafzimmer.

Ich wollte telefonieren. Telefonieren konnte man in diesem Hotel nicht. Ein Anruf bei der Rezeptionistin, die sich nach genau vierzehnmal klingeln von der RTL-Sendung loseiste, um muffig das Telefon abzunehmen, bestätigte dies. Die Rezeptionistin berichtete mit einer Spur Schadenfreude, man könne sich abends auf eine Liste eintragen, und am übernächsten Tag würde man dann durchgestellt werden. Das war also jetzt der Kaukasus, die feine Balance zwischen der Türkei, dem Iran und Rußland, das Zünglein an der Waage der Weltölwirtschaft und dadurch auch des Weltfriedens. Ich legte mich auf das Bett, las ein paar Zeilen von Wyndham Lewis »Journey into Barbary« und schlief bald ein. Und ich träumte, warten Sie – ich träumte von großen unterirdischen Höhlen, in denen Unmengen von Benzin verbrannten.

Am nächsten Morgen inspizierte ich das zahnbelagfarbene Frühstücksbuffet des *Hotel Stary Intourist* und checkte danach aus. Die Sonne schien, ich stand mit meinem Koffer auf der Straße, und rauchte eine Zigarette. Ein schwarzer Wolga hielt neben mir, und ein bärtiger Mann linste heraus, ob ich ein Hotel suchen würde. Es gab, so erfuhr ich, in Baku ein *Hyatt*-Hotel. Ein *Hyatt*, jawohl, endlich. Ich ließ mich direkt dorthin fahren, für 20 Dollar.

Das billigste Zimmer im *Hyatt* kostete 380 Dollar die Nacht. Aber dafür konnte man auch telefonieren und zurückgerufen werden. Große, feingewebte Teppiche aus Buchara lagen auf dem Fußboden der Lobby, und unter einem Ölgemälde des Staatspräsidenten Alijew stand ein Blumenarrangement aus weißen Lilien. Die britische Botschaft war auch im *Hyatt*-Hotel untergebracht, der Union Jack flatterte lustig im Wind vor dem Hotel, und kleine, unscheinbare Briten, die alle exakt so aussahen wie John le Carrés trauriger Held George Smiley, huschten durch die Lobby. Es war perfekt. Ich nahm mir sofort ein Zimmer.

Das *Hyatt* hatte aber nicht nur üppig ausgestattete Telefone und die Botschaft Großbritanniens vorzuweisen, nein, das *Hyatt* Baku beherbergte auch das größte Kasino des Kaukasus.

Wahrscheinlich, so dachte ich, würden gepanzerte Mercedes-Limousinen dort abends vorfahren, und dralle Frauen in Gummikleidern würden um die Croupiers herumstehen, und wunderbar ausschauende aserbaidschanische Ölmilliardäre würde es dort geben, die ihren Leibwächtern aus Langeweile die Zehntausend-Dollar-Chips hinwarfen, damit sie sie für sie setzen, weil es für sie natürlich viel zu öd war, über solche kleinen Beträge überhaupt nachzudenken. Das würde ich alles heute abend sehen. Und es würde prima Stoff für eine Reportage abgeben, weswegen ich ja schließlich in Baku war. Öl, Geld, Frauen, Krug-Champagner, unfaßbare Dekadenz, Menschen mit goldenen Schneidezähnen – eine elektrische Mischung. Es kam ganz anders.

Die Sonne schien. Es war außerordentlich warm für April. Aus dem Hotelzimmerfenster war zu beobachten, wie sehr starke Winde die Wolken vom Kaspischen Meer wegjagten, erst über die Stadt hin und dann, als Nachgedanke sozusagen, ins Inland. Ein merkwürdiges Licht ließ die Stadt gestochen scharf erscheinen, wie München während des Föhns.

Oft, so dachte ich mir, erfährt man am meisten, wenn man sich einer Stadt vom Bahnhof her kommend nähert. Ein kleiner, im Hotelzimmer ausliegender, mit dem Namen *Hyatt Regency* versehener Stadtplan von Baku zeigte aber keinen Bahnhof. Es waren auch keine Bahngleise darauf verzeichnet. Die Botschaft des Sudans, beispielsweise, war klar erkennbar, sie lag in der General Tarlan Alijarbajow street, aber der Hauptbahnhof war tatsächlich nirgendwo zu finden. Ich erinnerte mich, daß es eine Zugverbindung von Baku nach Moskau gab, es mußte also ganz klar einen Hauptbahnhof geben.

Also hinunter zur Rezeption, an der gleich eines der Hauptmysterien Bakus offenbar wurde: Keiner der Einwohner schien sich in der eigenen Stadt auszukennen. Wo, fragte ich, bitte, wo ist der Hauptbahnhof? An der Rezeption des *Hyatt* gab es ein kollektives Achselzucken. Bitte, sagte ich, bitte schreiben Sie auf russisch *Bahnhof* auf einen Zettel, den könnte ich ja dann einem Taxifahrer zeigen.

Die Rezeptionistin verdrehte die Augen, schrieb dann irgend etwas auf einen Zettel, legte ihn auf den Rezeptionstresen und verschwand in einer Besenkammer. Schließlich hatte sie Besseres zu tun, als Gästen, die 380 Dollar die Nacht bezahlten, so etwas Stupides zu erklären.

Der Taxifahrer vor der Tür konnte ganz offensichtlich kein Russisch lesen, ich hielt ihm den Zettel hin, er lachte und sagte *Njet*. Ich ahmte eine Dampflokomotiven nach, die auf Gleisen langsam in einen Bahnhof einfuhr und mit laut quietschenden Bremsen zum Halten kam. Der Taxifahrer lachte noch mehr, sagte dann *Train Station* und *Twenty Dollars*, ich stieg ein und wir brausten los. Im Radio, so war zu hören, spielte »Love Machine« von Supermax.

Genau sechs Minuten später hielten wir vor dem Bakuer Hauptbahnhof. Der Bahnhof selbst war ein unglaublich häßliches, grau verschimmeltes Gebäude im Plattenbaustil, vor dem ein Gemüsemarkt aufgebaut war. Davor prügelten sich ein Mann und eine Frau halbherzig um ein paar Steckrüben. Ich ging hinein. Die Haupthalle des Bahnhofs war bizarrerweise gar nicht mit den Gleisen verbunden. Das heißt, wenn man beispielsweise mit dem Zug von Baku nach Tiflis fahren möchte, muß man zum Bahnhof, sich in der Bahnhofshalle ein Billett kaufen, dann wieder heraus, um den Bahnhof herum, ein paar Straßen weiter, und dort sind dann erst die

Gleise. Ich machte ein paar Fotos von ankommenden Zügen, von abfahrenden Zügen und von riesigen, gemalten, an die Plattenbauten befestigte Portraits des aserbaidschanischen Präsidenten Alijew.

Der Bahnhof, so erfuhr ich, durfte aber eigentlich gar nicht fotografiert werden. Ein paar Männer von der Miliz tauchten auf. Ich zog meinen aserbaidschanischen, vom Außenministerium ausgestellten, mit beeindruckend vielen Stempeln versehenen Presseausweis hervor. Die Männer von der Miliz interessierte das leider weniger. Doch, doch, Germania, Almaniya, sagte ich. Ah! Njet! Haha! Nemetz! Nemetz! Haha! Faschisti! riefen sie und wiesen, mächtig lachend, mit ihren Kalaschnikows auf den Ausgang. Ich verließ das Gelände. Vor dem Bahnhof, auf dem von der Sonne grell beschienenen Platz, stand ein Hütchenspieler und wartete auf Kundschaft. Die Frau mit der Steckrübe war nicht mehr zu sehen.

Später erfuhr ich, warum jemand, der sich in Baku als Deutscher zu erkennen gibt, erst einmal mit Lachen, Schulterklopfen und einem kräftigen Faschist! begrüßt wird. Das lag daran, daß nach Kriegsende viele deutsche Gefangene nach Baku verschifft wurden, zur Zwangsarbeit, um hier Schulen zu bauen, stalinistische Prachtbauten, Universitäten und Museen.

Also zurück auf die Straße. Ich wollte mich Baku ja vom Bahnhof her kommend nähern, und das tat ich dann auch. Ich spazierte zum Meer hinunter. Baku, so heißt es, ist noch vor Chicago die windigste Stadt der Welt. Sie war sehr angenehm anzuschauen. Klassizistische Fassaden wurden von Jugendstilfassaden abgelöst. Männer mit langen schwarzen Mänteln, hohen Persianerkappen und festem Schuhwerk huschten durch die Gassen, in denen das Sonnenlicht so schräg stand, daß die Schatten die Männer in Schwarz fast vollständig verschluckten. Die Stadt sah aus wie, warten Sie, wie von De Chirico gemalt. Es windete wirklich sehr. Unten am Meer spazierte ich die Promenade entlang, die mich an Cannes erinnerte, aß ein etwas mehliges Sandwich von einem Stand, der sich, ich lüge nicht, *Baku's Boogie-Burger* nannte und bestieg irgendwann einen Bus. Dort fiel mir auf, daß die beliebtesten Musikstücke im Radio Baku erstens »Barbie Girl« von Aqua, zweitens »Gangstas Paradise« von Coolio und drittens »Love Machine« von Supermax waren.

Die Busse, die durch Baku fuhren, waren offenbar alle in Schleswig-Holstein ausrangiert und dann hierher importiert worden. Oben, über dem Führerhäuschen, stand bei einigen noch die Busroute »Husum-Niebüll«, und an der Seite eines Busses klebte in großen gelben Buchstaben »Vor allem Fohr – Das Qualitäts-Pils aus dem Westerwald«. Ich sah aus dem Fenster und wippte mit dem Fuß im Takt zu Supermax. Weshalb eigentlich Supermax? Das war doch, wenn ich mich recht erinnerte, eine eher mittelmäßig begabte Hardrock-Disco-Band aus München. Ich konnte es mir nicht erklären, und doch schienen die Aserbaidschaner diese Band sehr zu schätzen.

Zurück im *Hyatt* telefonierte ich mit der deutschen Botschaft. Ich wollte Öl sehen. Der Kanzler der Botschaft, ein Herr Dobychai, erklärte mir, daß es wahrscheinlich eher schwierig sein würde, Interviews mit Vertretern der Ölgesellschaften zu bekommen, und es noch schwieriger sein dürfte, Bohrtürme zu fotografieren. Man müsse mit einem Hubschrauber hinausfliegen, aber es sei teuer, gefährlich, und obendrein würden die Ölgesellschaften keine Journalisten hinlassen. Er könne aber, wenn ich wollte, ein Interview mit Dr. Ramiskulijew vermitteln, dem hiesigen Vertreter der

Joghurtfirma Zott. Ich bedankte mich, sah mir meine Fingernägel an und legte auf.

Ich war hungrig. Das Sandwich war nicht wirklich gut gewesen. Also beschloß ich, das auf großen Plakaten stadtweit angepriesene Restaurant *Viva Mexicana* auszuprobieren. Dort gab es Fajitas, Tacos, Burritos, Heineken-Bier und Mojitos. Im Restaurant selbst, daß mit grau schraffierten Stahlbeton ausgekleidet war, saßen breitschultrige amerikanische Ölarbeiter und norwegische Ingenieure, denen es offenbar nicht besonders viel ausmachte, für einen Taco-Burrito-Combo Platter, der in Baltimore oder in Oslo fast nichts kostet, sechsunddreißig Dollar auszugeben. Nein, sie bestellten, was das Zeug hielt, schrien herum, klopften sich männlich auf den Rücken und verbreiteten zwanghaft gute Stimmung. Ich selbst setzte mich in eine Ecke, trank ein Bier und aß eine kleine, gar nicht mal schlechte Portion Chili con carne.

Zurück im *Hyatt*-Hotel, es war Abend, zog ich mir für den Kasinobesuch meinen extra mitgebrachten dunklen Anzug an, die Schuhe putzte ich mit einem kleinen schwarzen Schwamm, der praktischerweise neben der Minibar lag. Kurzer Check in der Minibar: Miniflasche Jack Daniels, 16 Dollar. Flasche Carlsberg-Bier 8 Dollar. Lieber nicht. Jetzt hinunter, ins Kasino. Ich spiele leidenschaftlich gern Roulette und gewinne eigentlich immer. Das Kasino war aber leider geschlossen. Staatspräsident Alijew hatte es per Dekret gerade zugemacht. Ärgerlich dies, und ich mutmaßte, sein Sohn habe zu hohe Spielschulden gemacht.

Die Enttäuschung mag man mir etwas angesehen haben, denn als ich die Rezeptionistin des *Hyatt* nach einer guten Bar fragte, empfahl sie mir die Bar des *Hyatt*-Hotels, die *Mosaic-*

Bar hieß, oder *Dragon*-Bar oder so etwas ähnliches. Dort trank ich für zwanzig Dollar zwei Corona-Biere, hörte den Song »Barbie Girl« von Aqua und schaute mir die Menschen an.

In einer Ecke saß ein sehr deutsch aussehender blonder Hüne und lächelte. Ich stand auf, stellte mich vor, und er bat mich an seinen Tisch. Tom trug von Kopf bis Fuß schwarzes Leder und war über zwei Meter groß. Seine Haare waren hinten zu einem Pferdeschwanz zusammengebunden, wir plauderten eine Weile, und ich erfuhr, daß er aus Hamburg komme, lange auf den Kanaren gelebt habe und irgendwann mit seiner Harley Davidson hier in Baku gelandet sei. Ah, ein Meister, dachte ich, und bestellte mehrere Biere und Whiskys, die wir sehr schnell austranken, um dann noch mehr zu bestellen.

Außerdem habe er, Tom, hier eine Werbeagentur, ein Heiratsvermittlungsinstitut, sei Manager der Gruppe Supermax und in Deutschland habe ihm einmal die Computerfirma Systematics gehört. Ich sagte Nein! und er sagte Doch! Und: Es sei alles sehr schwierig hier, durch den aserbaidschanischen Server kämen beispielsweise gerade mal nur 4K pro Minute, aber wenn ich wollte, könnte ich mit ihm hier gleich morgen eine Zeitung für Expats aufmachen oder ihm helfen, ein Konzert mit seiner Gruppe Supermax zu organisieren, oder ein riesiges Motorrad-Treffen. Und er müsse mich unbedingt morgen wiedersehen, denn dann würde er mir seine Frau vorstellen und überhaupt alles in Baku zeigen. Selbstverständlich, lallte ich, sehr gerne. Bis morgen also. Und dann fiel ich ins Bett.

Das Telefon klingelte. Ich träumte gerade von großen, dunklen Bohrtürmen, die ich fast nackt, nur mit einem Chiffonschal bekleidet, umtanzte. Erst dachte ich noch, das Klingeln sei ein schlechter Scherz und stülpte mein Kopfkissen über das Telefon. Ich hatte sehr große Kopfschmerzen. Das Telefon klingelte weiter. Es war Herr Dobychai von der deutschen Botschaft.

Es ist wegen ihres Öl-Wunsches, sagte er, und seine Stimme klang in meinem schmerzenden Ohr wie die schnarrende Stimme Heinrich Himmlers. Um auf ein Ölfeld draußen im Kaspischen Meer zu kommen, sagte Herr Dobychai, müßte man zuerst den Menschen von der Deutschen Tiefbohr-AG treffen. Aber es klappt sowieso nicht, sagte er, das sage ich ihnen gleich. Ich bedankte mich und legte auf. Es war neun Uhr morgens.

Ich wollte ganz sicher nicht den Menschen von der Deutschen Tiefbohr-AG treffen. Ich wollte lieber mit meinem neuen Rockerfreund Tom auf seiner Harley durch Baku fahren und dabei Supermax hören. Ich ging ins Bad, wusch mich und befühlte meinen Unterleib. Hätte ich Eierstöcke gehabt, dann würden sie jetzt schmerzen. Ich zog mich an und aß unten im Frühstückszimmer einen ausgezeichneten Porridge und rief dann Tom an, und wir verabredeten uns vor dem *Hyatt.*

Es war wieder ein sonniger warmer Morgen. Tom sah ebenfalls etwas lädiert aus. Ich setzte mich hinten auf die Harley, und Hunderte von Kindern kreischten vor Freude, als Tom den Motor hochschraubte. Die Miliz sah ihm kopfschüttelnd hinterher – da er ja auch einen glänzenden Stahlhelm trug –, er winkte links und rechts und lächelte alle an, und überhaupt schien er stadtbekannt zu sein. Ein paar zusammengekauerte Gestalten hockten am Straßenrand, schnüffelten Klebstoff aus Papiertüten und kratzten sich beschämt mit Glasscherben die Arme auf.

Wir hielten vor einem Schönheitsinstitut an und stiegen die Treppen hoch, und dann lernte ich Soby kennen, Toms Frau. Ihr gehörte der einzige Kontaktlinsen-Beautysalon Bakus. Sie trug ebenfalls schwarzes Leder. Sie war sehr charmant, und ich kaufte ihr ein paar neongelb gefärbte Kontaktlinsen ab, die *Rave* hießen und wir verabredeten uns später zum Essen. Davor wollten sie mich auf den Basar von Baku führen, auf dem man grau-blauen Kaviar kiloweise kaufen konnte, aserbaidschanischen Kaviar, den besten der Welt, riesige Humpen blau-schwarz schimmernden Stör und natürlich aserbaidschanische Tomaten, die ebenfalls zu den besten der Welt gehören.

Auf dem Basar sah ich dann die versprochenen Kaviarverkäufer, aber auch mehrere Jugendstände, an denen Bob-Marley-Handtücher, alte MTV-Aufkleber und Supermax-T-Shirts in allen Größen verkauft wurden. Es war aber trotzdem ein sehr eindrucksvoller Basar.

Tom und Soby, so erzählten sie mir, während wir mit schöpfkellengroßen Plastiklöffeln Kaviar im Freien aßen, hatten gerade einen der ersten Werbefilme gedreht, die je in Aserbaidschan gemacht wurden, für eine Bakuer Mobiltelefongesellschaft, in dem auf einem großen Menschenschachbrett Aseris ohne Mobiltelefone hin und her geschoben wurden, und die Dame, also die Königin, besaß natürlich ein Mobiltelefon und schlug dadurch alle anderen Figuren. Tom und Soby wollen später einen aserbaidschanischen Dichter mitbringen und einen Bildhauer, den ich unbedingt kennenlernen müßte. Es war erst ein Uhr nachmittags, und, glauben Sie mir, ich war erschöpft.

Später, im Hotel, ich lag gerade auf dem Bett und versuchte, den anstehenden Kaviar-Eiweißschock dadurch abzuwenden, daß ich mich auf das monoton-faschistische Fernsehprogramm von CNN konzentrierte, rief Herr Dobychai von der deutschen Botschaft nochmals an. Nein, nein, sagte er, es klappt auf keinen Fall mit dem Hubschrauber. So ein Flug würde sicher bis zu 4000 Dollar kosten, es klappt, das könne er mir gleich sagen, aber sowieso nicht.

Es gibt keine nennenswerte deutsche Investition in Baku. Das größte Geschäft des nächsten Jahrhunderts verläuft weitgehend unbeachtet von Deutschland, und mir erschien das Gebaren der deutschen Botschaft dafür symptomatisch. Es klappt nicht, nee, keine Lust, oder ich bin nicht zuständig, das schienen die Sätze zu sein, mit denen sich die Deutschen ins nächste Jahrhundert hinüberkatapultieren wollen. Und wer ein bißchen verrückt war wie Tom, wer zu viele Ideen hatte, der galt sofort als unseriöser Spinner.

Dabei lebt ein Ort wie Baku von den Irren. Der Run auf die Öllizenzen hat einen beispiellosen Monokapitalismus ausgelöst, es geht nur um Öl, Öl und nochmals um Öl. Geschäftliche Kreativität ausleben, Marktlücken entdecken und diese Dinge, das passiert in Baku überhaupt nicht. Und profitieren von alldem tut dem Anschein nach nur der Clan um den Präsidenten Alijew. Sein Sohn Elham ist gleichzeitig Vizepräsident von SOCAR, der aserbaidschanischen staatlichen Ölgesellschaft, die die großen Konzerne *Pennzoil, Unoco, British Petroleum* und *Lukoil* gegeneinander ausspielt. Und das Kasino im *Hyatt*, so erfuhr ich, mußte tatsächlich wegen des Sohnes des Präsidenten geschlossen werden. Elham Alijew hatte sechs Millionen Dollar Spielschulden.

In einem kleinen, dunklen, schmutzigen und billigen Lokal aß ich anderntags mit Tom und Soby zu Mittag. Der Bildhauer

Mahmoud Rustamov kam vorbei, und er sah genauso aus wie ein richtiger Künstler. Er war dünn und trug nur schwarz, und als er erfuhr, daß ich Journalist sei, sagte er, ich müsse ihm sofort einen Kontakt zu Christie's in London herstellen, oder zumindest zu Sotheby's. Er kam aus einer Familie, in der alle Künstler gewesen seien, sein Onkel, sein Vater, dem berühmten Aslan Rustamov, sein Bruder und sein Großonkel. Früher habe man riesige Leninbüsten aus Stein gehauen, und heute mache man eben richtige Kunst. Ich mochte diese Menschen alle. Sie waren interessant und sie nahmen sich nicht zu ernst, und sie hatten ganz offensichtlich Spaß.

Dann gab es Mittagessen: Joghurt und Tomaten, die wirklich unfaßbar gut schmeckten, und dann gab es Ziegenfüße. Ein Suppentopf wurde vor jeden hingestellt, in dem eine Art Butterlake schwamm, und tatsächlich, auch ein großer Ziegenfuß. Das Fleisch selbst war weich und lilafarben und es löste sich ganz einfach vom Knochen. Um die aserbaidschanische Gastfreundschaft nicht zu verletzen, erwähnte ich meine Anhängerschaft Krischnas, und dann tranken wir warmen Wodka auf die Deutschen und auf die Aseris und auf Krischna, und ich mußte den Ziegenfuß natürlich nicht essen, und dann, als wir alle ausreichend betrunken waren, fuhren wir ins *Wild West*.

Das *Wild West* war ein großer Holzschuppen am ölverseuchten Strand vor den Toren Bakus, der genauso aussah wie eine Schrabbelkneipe in der Wüste von Nevada. Aus den Boxen schepperte Dolly Parton und Hank Snow, überall hingen gekreuzte Fiedeln an der Wand, und russische Kellnerinnen trugen rotweiß karierte Cowboy-Hemden und brachten Grilled Cheese Sandwiches für siebzehn Dollar das Stück.

Irgendwann kam Yusif dazu, der Dichter. Er trug einen schwarzen, paspelierten Anzug und eine Persianerkappe. Yusif war vielleicht 55 Jahre alt und hatte Hermann Hesses und Heinrich Heines Gedichte ins Aserbaidschanische übersetzt, und jetzt wollte er uns ein paar Ölfelder zeigen. Ah, Ölfelder, endlich. Wir torkelten hinunter zum Strand, und Yusif zeigte uns den verdreckten Sand. Drüben, an einem verrosteten Kinderkarrussel, das mitten im Wasser stand, machte ein athletischer Russe ein paar Klimmzüge.

Yusif legte seine Aktentasche in den schwarz verkrusteten Sand, stellte sich vor uns auf und deklamierte Hesses Gedicht »Jeder ist allein« auf deutsch. Vor ein paar Jahren sei er auf den Hesse-Kongreß in Calw gewesen und habe dieses Gedicht Hesses auf aserbaidschanisch vorgetragen, und alle Teilnehmer hatten minutenlang geklatscht, und er hatte Tränen in den Augen bekommen vor Stolz.

Viel habe er übersetzt, erzählte er, und da er die wahrscheinlich größte Sammlung DDR-Literatur Bakus habe, habe er viele DDR-Gedichte auch gleich mit übersetzt. Eva Strittmatter, zum Beispiel, habe er übersetzt und in Aserbaidschan veröffentlicht, obwohl die wahrscheinlich gar nichts davon wisse, und er habe sie alle gelesen: Günter de Bruyn, Anna Seghers, Erik Neutschs »Spur der Steine«, Erich Weinert, der zu den berühmtesten und besten gehöre, Hans Fallada, Kurt David und sein Renner »Tenggeri, Sohn des schwarzen Wolfs«, und natürlich Dieter Noll und Bruno Apits Roman »Nackt unter Wölfen«, Helmut Preißler, Axel Schulze und Jurij Brezan. Die Aufzählung, so schien mir plötzlich durch einen schlierigen Nebel aus warmem Wodka, war wie eine Fürbitte in der Kirche um die untergegangene Literatur Ostdeutschlands. Dieter Noll? Helmut Preißler?

Ein Wind kam auf und wehte um Yusifs dünne, schlaksige Beine. Tom war in die Hocke gegangen, trank aus einer Whiskyflasche und malte mit einem Stöckchen Kreise in den Sand. Seit 23 Jahren höre ich die Deutsche Welle, sagte Yusif, der letzte Deutsche, und starrte in die Ferne, über das Kaspische Meer zu den Ölbohrtürmen hin, den Ölbohrtürmen, die weder er noch ich jemals erreichen würden, und auf einmal merkte ich, daß es darum auch nie gegangen war.

Meine aserbaidschanischen Freunde fuhren mich in ihrem Wolga zum vierzig Kilometer entfernten Flughafen. Auf dem Weg dorthin rasten wir am *Monsieur Bricolage* vorbei, einem französischen Baumarkt. Bei der Einweihung soll Präsident Alijew, dem ein Großteil von *Monsieur Bricolage* gehört, im Aserbaidschanischen Staatsfernsehen – dem einzigen Fernsehen in Baku außer RTL – sich jede einzelne Schraube erklärt haben lassen, in Großaufnahme. Danach lief das Geschäft sehr gut. Und genauso wird das auch gehen mit dem Öl, glaube ich, wenn nicht die Russen dazwischen kommen.

KILL 'EM ALL, LET GOD SORT 'EM OUT

Phnom Penh, 1999

Weil wir uns nichts aus Weißwein machten, tranken wir Ende
Januar eine Flasche Entre deux Mers aus Gläsern, in denen
Eiswürfel schwammen, und sahen auf den Mekong. Wir
saßen auf einem Rasenstückchen, der Fluß war breit und
träge, darüber hingen am blauen Himmel kleine Drachen.
Zum Wein aßen wir Unmengen knallroter Erdbeeren, und
meine Begleiterin rauchte Zigaretten. Es war windstill, und
die Palmen bewegten sich nicht.

Ein Mann ging vorbei, gestützt von seiner Frau. Er trug ein
hellgrünes Lacoste-Hemd, und auf seinem Kopf stapelten sich
seine Haare wie ein großes, schwarzes Wespennest, vielleicht
einen halben Meter hoch und ebenso breit. Seine Haare waren
wie ein himmelwärts gerichtetes, schwarzes Brett, er mußte sie
jahrzehntelang nicht mehr gekämmt und gewaschen haben – so
spazierte das Paar an uns vorbei, wir nickten uns gegenseitig
höflich zu, und das Haarbrett des Mannes wippte nach vorn
beim Grüßen. Seiner Frau schien die Marotte ihres Ehemannes
eher unangenehm zu sein, aber sie lächelte trotzdem.

Bettler ohne Beine hasteten, auf Krücken gestützt, über die
rotsandige Flußpromenade. Eine Mutter mit Kind – sie waren
beide sehr dünn – blieb mitten auf dem Boulevard stehen und
kniete sich hin. Sie hielt den Kopf tief gesenkt, fast berührte sie
die Straße. Ihre Hände waren über ihrer Stirn zusammengelegt;
es war eine *sompiah*, eine Geste des Bittens.

Die weißen Geländewagen vom Roten Kreuz, von der
UNO und von *Médecins sans Frontières* fuhren langsam und

vorsichtig um sie herum. In den Autos, so war zu sehen, saßen blonde Mittvierzigerinnen, deren neuer Lebensinhalt es nun war zu helfen, und die, zwei Scheidungen hinter sich, aber immer noch orangefarbenen Lippenstift tragend, dazu nach Phnom Penh gekommen waren.

Die Bettlerin beugte bittend ihren Kopf, der Verkehr kurvte langsam um sie herum, und unten am Fluß ließ ein Kind seine Luftballons in den Himmel steigen. Meine Begleiterin hatte Schmerzen im Nacken, eine Verspannung, aber sie ließ es sich nicht anmerken. Wir lachten über den Mann mit der Wespennestfrisur.

Als die letzte Erdbeere aufgegessen war, standen wir auf, liefen die Promenade am Mekong entlang hinunter und gingen zum *Foreign Correspondents Club*. Wir überquerten die Straße – meine Begleiterin sprach gerade über den Unterschied zwischen Hmong– und Khmer-Architektur – als eine Explosion die Luft zerriß, dann erreichte uns eine kleine Druckwelle. Die Straße bebte. Autos stauten sich, die Mopeds hielten an, und die Miliz sperrte die Straße, dort hinten, am Fluß, wo wir gesessen und uns Erdbeeren in den Mund geworfen hatten.

Wir setzten uns auf die Veranda im zweiten Stock des *Foreign Correspondents Club* und sahen auf die Promenade herunter. In der Ferne türmten sich hohe weiße Wolken auf, unmerklich zogen sie zum Fluß herüber. Man konnte nur sehen, daß sie näher kamen, wenn man eine Weile lang weggeschaut hatte. Ich machte ein Foto davon mit meiner hellblauen Hello-Kitty-Kamera.

An der Decke drehten sich mehrere Ventilatoren, an der gelb gestrichenen Wand hingen sorgfältig gerahmte Fotos von Aufständen, Selbstverbrennungen und im Gebet versunkenen Khmer-Mönchen. Ein dreißig Zentimeter langer Gecko huschte aus dem Deckengebälk heraus und blieb oberhalb eines gerahmten Fotos mit den Saugnäpfen an seinen Füßen kleben, und seine Zunge sauste hinaus, so war zu sehen, und dann fraß der Gecko eine Mücke. Eine Amerikanerin freute sich, laut lachend, über die Echse.

Wir tranken dort auf der Veranda eine weitere Flasche Weißwein, und meine Begleiterin rückte ihr schön geschnittenes Haar zurecht und erzählte, Explosionen seien in Phnom Penh etwas ganz und gar alltägliches. Gerade vergangenes Jahr sei der letzte Putsch gewesen, Panzer seien durch die Straßen gerollt, hätten die Bettler zerquetscht, denen die Minen der Roten Khmer zur Zeit Pol Pots die Beine abgerissen hatten, rote Tücher seien an die Laternenpfähle gehängt worden und zweitausend zitternde Touristen und Ausländer seien schnell nach Bangkok ausgeflogen worden.

Die Zugstrecken nach Battambang und nach Sihanoukville, an der Küste, im Süden, seien für Ausländer immer noch gesperrt. 1994 seien ein Australier, ein Brite und ein französischer Tourist von den Roten Khmer aus dem Zug gezerrt, in den Dschungel geschleppt und exekutiert worden.

Dabei ist Phnom Penh eine schöne Stadt. Schnurgerade Straßen zerteilen die Geschäftsviertel in ordentliche Blocks, und der Großteil der Häuser sehen aus, als seien sie in den vierziger und fünfziger Jahren gebaut, zur Zeit der klassischen Moderne. Phnom Penh hat etwas von der Riviera, von einem tropischen, verwesenden Nizza, aber auch viel von Genf, nur mit mehr Palmen.

Kambodscha, so heißt es, sei wie Thailand vor zwanzig Jahren, oder Vietnam vor sieben. Man kann dort Weißwein bekommen, ausgezeichnete Steak Frites mit Endiviensalat und ein Kalaschnikow-Schnellfeuergewehr für siebzig Dollar.

Abends fahren die ausländischen Bewohner in alten Karmann-Ghias die Promenade hinauf und runter, und einmal sahen meine Begleiterin und ich einen offenen Jaguar E-type, am Steuer eine Französin, die hellbraunen Haare in ein Hermes-Halstuch gewickelt.

Abends fuhren wir zusammen auf einem Moped-Taxi in eine Bar, die sich *Heart of Darkness* nannte, nach dem Roman von Joseph Conrad. Einzigartig an Indochina ist die Freude am kitschigen Spiel mit der leichten Kriegs-Frisson der Touristen; in Saigon gibt es zwei Bars, die »Apocalypse Now« heißen, dort laufen die Doors und Nirvana, und man trinkt hastig Wodka aus warmen Gläsern.

Im *Heart of Darkness* in Phnom Penh saßen ein paar ältere Amerikaner herum, die vergessen hatten, daß sie am Hinterkopf eine Kranzglatze hatten und vorne, über dem Shorts-Bund eine stattliche Bierwampe. Auf ihren T-Shirts stand »Warhammer« und »Kill 'em all, let God sort 'em out« und ähnliches krauses Zeugs. Jim Morrisson sang etwas wie »shiny leather, shiny, shiny«, rote Samtvorhänge verdeckten die Fenster und eine Gewichtheberstange lag in der Ecke. Die Amerikaner kannten den Barkeeper beim Namen. Danach, so hörten meine Begleiterin und ich, wollten sie zu *Sharky's Bar* fahren, zu den Fünf-Dollar-Nutten. Wir sprachen die Amerikaner nicht an.

Anderntags verließen meine Begleiterin und ich das ausgezeichnete Hotel, in dem wir wohnten. Das *Raffles Le Royal Phnom Penh* – dem Hotel übrigens, das vor einiger Zeit das Vier Jahreszeiten in Hamburg gekauft hatte – wird gerne von uns weiterempfohlen. Bevor wir zum Flughafen fuhren, packten wir noch das Gratis-Shampoo und den Conditioner von Floris in unser Gepäck, die Zahnbürste und die Duschhaube. Man weiß ja nie.

DANGER WHO LOVE
Laos, 1999

Der Texaner in der Abflughalle von Vientiane war unruhig. Er trug kurze Hosen. Seine haarigen Beine steckten in Trekking-Sandalen, die an der Seite mit einem Klettverschluß zu öffnen waren. Er verschob sein Gewicht vom Standbein aufs Spielbein und zurück. Seine Augen jagten ungeduldig hin und her.

Das Passagierflugzeug, daß er besteigen wollte, war eine chinesische Yu 21. Es stand seit ein paar Stunden draußen auf dem Rollfeld, und sie luden die Passagiere nicht ein, und das Flugzeug flog einfach nicht ab.

»Hey, fellas, the tarmac's too hot, don't cha think?« sagte der Texaner zu den laotischen Wachhabenden, aber sie verstanden ihn nicht und lächelten nur.

Meine Begleiterin und ich beobachteten, wie er sich vordrängelte. Es war amüsant zu sehen. Einem amerikanischen Paar aus Cicero, Ohio erzählte er, er lebe in Hong Kong, investiere in China und spreche fließend Kantonesisch und Mandarin. Dann – schwups – während das Paar noch höflich über den Weltmann staunte, hatte er sich vor sie gedrängelt, bis an die Glastür zum Rollfeld.

Draußen zog die Sonne immer höher, die roten Blumen am Rande des Flugfeldes leuchteten grell. Wir warteten. Es gab in der hellgrün gestrichenen Abflughalle keine Klimaanlage, nur ein paar schrottreife Ventilatoren. Wenn man ruhig saß, war es durchaus zu ertragen. Der Texaner hingegen fächelte sich mit seinem amerikanischem Paß Luft ins Gesicht. Ihm war sehr warm.

Meine Begleiterin saß neben mir auf der Wartebank. Ihre goldene Prada-Sandalette war ihr vom Fuß gerutscht, und so konnte ich ihre Zehen beobachten, frisch maniküt, appetitlich und entzückend. Ich begann, den Farbton ihres Fußnagellacks mit dem der roten Blumen dort draußen vor der Glastür zu vergleichen. Es war *Rouge flamboyante* von Chanel.

Meine Begleiterin erzählte mir, was die Amerikaner sich in Laos geleistet hätten. Von 1964 bis 1973, so erzählte sie, hätte die US-Regierung einen ultra-geheimen Krieg geführt. Die amerikanischen Bomberpiloten seien in Zivil geflogen, in Jeans, alle mit einer CIA-Giftkapsel um den Hals, 2 Millionen Tonnen Bomben hätten sie abgeworfen, das entspräche zehn Tonnen pro Quadratkilometer, also 500 Kilogramm Sprengstoff für jeden Mann, Frau und Kind im gesamten Land. Und all dies ohne offizielle Kriegserklärung der Präsidenten Johnson und Nixon. Das Agent Orange sei hier noch gar nicht mitgerechnet.

Als die Ansage zum Abflug kam, trank meine Begleiterin ihr *Beerlao* aus und warf die leere Dose hübsch ordentlich in einen Abfallbehälter. Dann marschierten wir zum Flugzeug. Der Texaner saß schon eine Weile da, und es war drinnen ungefähr noch zwanzig Grad heißer als draußen.

Wir schnallten uns an, und dann flogen wir ab, in den Norden Laos', nach Luang Prabang. Später erfuhren wir, die Verspätung sei nur zustande gekommen, weil der Texaner sich geweigert hatte, die Flughafengebühr von 20 Pfennigen für Inlandsflüge zu bezahlen. Und das, so meinte meine Begleiterin, würden wir ihm heimzahlen.

In der Hauptstadt Vientiane hatten wir das angenehm schläfrige Revolutionsmuseum besucht. Wir hatten einige an der

Wand befestigte Maschinenpistolen inspiziert, viele rote Fahnen und einige Ölgemälde, die den großen Revolutionär Kaysone Phomvihane zeigten.Wir sahen dort im Revolutionsmuseum ein paar seltene, ausgestopfte Dschungeltiere (nun selten, weil ausgestopft) und ein großes Zimmer, das unerklärlicherweise bis zur Decke mit Medikamentenschachteln vollgestopft war. Die Laotische Revolution schien uns wie eine an einem schläfrigen Nachmittag erfochtene Sandkastenrevolution, obwohl sie das natürlich nicht gewesen war.

Das *Lane Xang* – das Hotel, in dem wir wohnten, war ein stalinistischer Prachtbau, war im Grunde auch der einzige stalinistische Prachtbau in Laos. Wenn man es genau nimmt, war es sogar der einzige Prachtbau in Laos. Abends hatten wir den Fernseher eingeschaltet, auf dem Sender lief eine folkloristische Darbietung laotischer Tänzer. Sie trugen alle Krüge auf dem Kopf, und liefen drei Stunden lang auf einer Bühne im Kreis herum.

Im Gegensatz zum Kambodschaner, kamen meine Begleiterin und ich überein, scheint der Laote ruhig, ausgeglichen, fast schläfrig in seinem Wesen. Laoten sind dicker, kleiner, zufriedener, Hobbitartiger als die Thai oder die Khmer. Könnte man sich der Volksseele der Laoten durch einen westlichen Vergleich nähern, dann wären die Schweizer ihnen am wesensverwandten: In sich gekehrt, aber auch in sich ruhend. Diese introspektive Art der Laoten erzählt uns auch etwas über den laotischen Buddhismus, ruhend, unaggressiv, nicht an die Grenzen sehend – sondern wissend, daß ihr Gott-Auge nach innen schaut.

Bemerkenswerte Architektur, wie etwa in Kambodscha oder Burma, gibt es in Laos nicht. Dafür hatten die B-52-Bomber der Amerikaner gesorgt. Ähnlich wie die Chalets in der schönen Schweiz waren die prächtigen Bauten der Laoten vor 1960 alle aus Holz erbaut, ein Baustoff, der Napalmbomben nur ungenügend standhält. Selbst der Name der laotischen Währung klingt wie etwas schweizerisch Belangloses, wie etwas winzig kleines und schnuckeliges: Der Kip.

Wir nahmen also unsere Kip-Bündel, setzten uns in ein Straßencafé und aßen Croissants mit *La Vache Qui Rit*-Streichkäse, dazu tranken wir laotischen Hochland-Kaffee, der, obwohl zu den wenigen Exportprodukten dieses vom Export nicht gerade verwöhnten Landes gehörend, grauenvoll schmeckte.

In Luang Prabang sahen meine Begleiterin und ich den Texaner wieder. Er versuchte gerade, wie jeden Morgen, in unserem wunderschönen kleinen Hotel ein Zimmer zu bekommen. Er bekam keins, es war leider, wie immer, alles ausgebucht. Wir hatten dem Rezeptionisten einen Zwanzig-Dollar-Schein gegeben und ihm beauftragt, genau dies dem Texaner jeden Morgen lächelnd mitzuteilen.

Nachmittags saßen wir am Mekong, tranken das wirklich ausgezeichnete *Beerlao* und beobachteten die Ruderboote, die die Mönche über den Fluß zu den Tempeln brachten. Einmal mieteten wir uns Fahrräder und fuhren zu einem Wasserfall, drüben, in den Bergen. Ein kleiner Laote brachte uns mit einem Boot ein Stück einen Seitenarm des Mekong hinauf. Auf seiner Brust war ein Tiger eintätowiert, und auf seinem Unterarm – er zeigte ihn uns – stand in großen, dunkelblauen Buchstaben DANGER WHO LOVE. Er rauchte unaufhörlich Mentholzigaretten.

»Bo mi nam«, sagte er, während er das Boot an Land lenkte. Wir marschierten eine Weile durch den Dschungel, unser laotischer Freund lief voran. »Sorry dear, but where's the water-fall?« fragte ihn meine Begleiterin. »Bo mi nam«, sagte er. Wir sahen riesige gelbe Schmetterlinge. Einmal lief ein kleiner Affe vor uns über den Dschungelpfad. Irgendwann, nach ein paar Stunden, kamen wir an. Es war nichts zu sehen, nur das stille, leuchtende Grün des Urwalds. »Bo mi nam. No water. Only in rainy season«, sagte unser Freund. Und dann sagte er »Danger who love«, und wir mußten zu dritt so laut lachen, daß die Papageien erschreckt aus dem Dschungel auf-flatterten.

Zurück in der Hauptstadt Vientiane sahen wir am Flughafen den Texaner wieder. Er wollte nach Saigon fliegen. Es schien uns, als sei sein Laos-Aufenthalt von lauter kleinen Unan-nehmlichkeiten begleitet gewesen. Es war nichts Offensicht-liches, nichts, was er hätte benennen können, nur ein stetiges Unwohlsein, konstante leichte Piekser. Als er auf die Flugha-fentoilette ging und sein Gepäck unbeaufsichtigt ließ, falteten meine Begleiterin und ich rasch ein paar kleine Papiertütchen, schrieben mit schwarzem Edding »This contains Heroin. Please arrest me« drauf und schoben die Tütchen in die Seiten-taschen seines Handgepäcks. Dann standen wir auf, gaben unsere Bordkarten ab und setzten uns in den Airbus nach Bangkok.

DER BESUCH DES KLEMPNERS
Bangkok, 1999

Der Pool leuchtete sehr blau am Nachmittag. Meine Begleiterin zog darin ruhig ihre Bahnen. Das Haus, das ich in Bangkok gemietet hatte, schien wie ein im Jahre 1962 vom Maler David Hockney in einer stillen Stunde Südkaliforniens entworfenes, perfektes Beispiel für die tropische Moderne.

Drei Palmen ragten in den wolkenlosen Himmel. Ein thailändischer Greis in strahlend weißen Tennis-Shorts schlug leise keuchend ein paar Tennisbälle über den Court. Die Rasensprinkler drehten sich, das müde Pok-Pok der aufschlagenden Bälle und die gleichmäßigen Schwimmgeräusche aus dem Pool verhießen einen schläfrigen und angenehmen Nachmittag. Leider sollte alles ganz anders kommen.

Gegen fünfzehn Uhr mixte ich zwei Sodawasser mit Limonensaft und trug sie an den Pool. Meine Begleiterin trocknete sich ihre makellos gebräunten Beine ab, lächelte, und wir fuhren zusammen zum Flughafen, um den Schriftsteller Benjamin von Stuckrad-Barre abzuholen, der sich für heute angekündigt hatte. Er war mit Balkan Air über Sofia nach Bangkok geflogen, weil er sparen wollte. Die Maschine hatte keine Verspätung. Wir begrüßten den Schriftsteller und fuhren zusammen mit einem Taxi wieder zurück in die Stadt.

Über uns sahen wir die Magnetschwebebahn-Trasse, an der seit zwanzig Jahren von einer italienischen Firma gebaut wurde; das erste Massentransportsystem Bangkoks. Nun hatte die Firma Siemens den Auftrag übernommen, und die S-Bahn würde pünktlich fertig werden, sagte uns der Taxifahrer, nicht später als am Geburtstag des Königs am 5. Dezember dieses Jahres.

Zu Hause angekommen, stand der weiße Cadillac Coupe de Ville meiner Vermieterin vor unserer Haustür, mit laufendem Motor. Am Steuer saß ihr Chauffeur, Pramet. Er trug weiße Handschuhe. Die Vermieterin selbst saß im cremefarbenen, klimatisierten Fond, wie üblich hatte sie sich eine größere Menge einer pastenartigen Substanz ins Gesicht geschmiert, um ihre Haut vor der Sonne zu schützen. Ihre Augenbrauen schimmerten Violett. Sie war ungefähr sechzig Jahre alt, und auch wenn ihr Geschmack bisweilen etwas bizarr anmutete, war sie doch eine großartige Dame.

In ihrer Wohnung, so hatten wir vor einigen Tagen bei einem Abendessen sehen dürfen, hing ein vielleicht zwei mal vier Meter großes Ölgemälde, das ihren Ehemann zeigte, dem damaligen Präsidenten George Bush die Hand schüttelnd.

Nun saß sie in ihrem Cadillac vorm Haus und wartete auf uns. Es stellte sich heraus, daß während unserer Abwesenheit sehr Schlimmes geschehen war: Die Toiletten in unserem Haus waren aus unerklärlichen Gründen übergelaufen und hatten Entsetzliches angerichtet. Dies könne, so erzählte uns Frau Saeng Chai aus ihrem sicheren beigen Fond heraus, in Bangkok durchaus einmal passieren.

Wohl eher zur Monsunzeit, aber auch jetzt sei es nichts Ungewöhliches, man müsse es eben reparieren, sagte sie noch, betätigte den elektrischen Fensterheber und sah nicht mehr zu uns her. In ihrem Gesicht hatte sich nun diese Gleichmut der Bangkoker breitgemacht, die gerne einmal viel bedeuten kann, aber oft auch gar nichts.

Der Chauffeur Pramet bot sich an, den Schaden zu reparieren. Benjamin von Stuckrad-Barre und meine Begleiterin sprachen, vor dem Haus stehenbleibend, über die Schönheit der duftenden Frangipani-Büsche links und rechts. Pramet und ich gingen derweil hoch ins Haus. Wir betraten die Badezimmer.

An dieser Stelle möchte ich dem Leser nicht den Sonntag verderben. Vielleicht nur soviel: Es roch sehr, sehr schlimm.

Pramet zog sich die weißen Chauffeurshandschuhe aus, ging schnurstracks in die Küche, öffnete mit sicherer Geste meinen Kühlschrank und griff nach einer Tüte Milch.

»Milk will eat bacteria«, sagte Pramet und goß wissend die Milch in die beiden Toilettenschüsseln. Erst geschah nichts, dann gab es ein feuchtes Gurgeln, die Milch schoß wieder hoch und vermengte sich mit dem Unrat, der sich rechts und links neben der Toilette auf dem Badezimmerboden verteilte.

Ich erkannte, daß Pramet das Problem nicht würde lösen können, ging mit ihm hinaus und bugsierte ihn zurück auf den Fahrersitz des Cadillacs. Die ehrwürdige Frau Saeng Chai starrte immer noch ins Leere. Ein Problem, so die schöne Denkweise der Thais, das momentan nicht zu lösen war, sollte man am besten ignorieren. Meine Begleiterin sprach gerade mit Benjamin von Stuckrad-Barre über das heute beginnende chinesische Neujahr. Es würde das Jahr des Hasen werden.

Wir beschlossen also, uns auszuquartieren, und zwar auf die andere Seite der Stadt, ins ausgezeichnete *Oriental Hotel*. Dort würde uns schon etwas einfallen.

In der Lobby trafen wir durch Zufall Dr. Drago Stambuk, den kroatischen Botschafter. Es gab ein großes Hallo, denn er war ein alter Freund, und wir tranken zu viert in der Bar Singapore Slings, und nach einer Weile erzählten wir ihm von unserem Malheur mit den Toiletten.

Darauf erzählte er, in Neu Delhi, bei seinem letzten Posten, habe es ihn viel schlimmer erwischt: Irgend jemand von der Stadtreinigung habe in der Straße seiner Residenz versehentlich das Klärrohr mit dem Frischwasserrohr verbunden und sei danach gestorben, es wäre also unmöglich gewesen, die Schnittstelle der beiden Konträr-Rohre wiederzufinden. Er, Botschafter Stambuk, habe vom Duschen am ganzen Körper Ausschlag bekommen, mehrere Monate lang habe er sich sogar mit Kloakenwasser die Zähne putzen müssen.

Wir bestellten mehr Singapore Slings. Herr Wachtveitl – der Manager des *Oriental Hotels* – kam hinzu und schüttelte Dr. Drago Stambuk die Hand. Nie wieder, so der Botschafter, sollte ihm so etwas passieren wie in Neu Delhi. Aus den Lautsprechern in der Bar spielte leise ein Lied von Celine Dion. Der Botschafter lehnte sich zu uns herüber und reichte mir eine Visitenkarte. »Passen Sie auf. Dieser Mann wird ihnen helfen«, sagte er. Ich drehte die Karte um und las die in feinem Stahlstich gedruckten Sätze:

MR. SOM CHUK
MASTER PLUMBER
EMERGENCIES ONLY

Wir fuhren etwas angetrunken nach Hause, ich hielt hinten im Taxi die Visitenkarte wie eine Oblate in meiner Hand. Zu Hause riefen wir den Meisterklempner an. Er erschien nach zehn Minuten.

Herr Som Chuk hatte angespitzte Zähne im Mund wie ein malaiischer Pirat. Er trug ein geringeltes Polo-Hemd, das sich über seinen Bauch spannte wie einst der Äquator auf dem Leuchtglobus in meinem Schweizer Elternhaus.

Herr Som Chuk hatte einen jüngeren, wißbegierigen Assistenten zur Seite, und beide entluden aus einem mitgebrachten Koffer ein großes, staubsaugerähnliches Gerät. Dieses hielten sie mit dem tellerartigen Einführstutzen nach unten in die Toilettenschüssel, pumpten aus einer Gasflasche irgendein Gas in den Stutzen und drückten einen roten Knopf.

Es gab erst einen Schlag, dann einen dumpfen Knall, die Toilette lief über, ein Kugelschreiber kam zum Vorschein, dann ein zweiter und eine zerbrochene, ausgefranste Zahnbürste. Auf einem der Kugelschreiber stand »BBC World Service«.

»Aha«, sagte Herr Som Chuk und rümpfte die Nase, als habe er es sich gleich gedacht. »Aha. You have put a pen.« Wir verneinten heftig. Draußen begann es zu regnen.

DAS NEUE LICHT VON MYANMAR
Burma, 1999

Meine Begleiterin riet mir ab. »Lieber Christian«, sagte sie, »tun Sie uns einen Gefallen und fahren Sie bitte nicht nach Burma.« Wir saßen auf der Terrasse des *Oriental Hotel* in Bangkok und tranken Lapsang Souchong, einen ausgezeichneten chinesischen Rauchtee.

»Burma ist schrecklich, unerträglich und im Grunde unwiderruflich zerstört.« Meine Begleiterin hatte mehrere Monate vergeblich dort verbracht, auf der Suche nach dem perfekten Exemplar eines Taubenblut-Rubins. »Burma ist ein sehr armes Land, durch das Hunderte von Reisegruppen geschleust werden. Burma ist unwahrscheinlich korrupt und die Chinesen sind dabei, die letzten interessanten Bauwerke zu zerstören.«

Meine Begleiterin hatte sich etwas in Fahrt geredet. »Da sind einem die sparenden Rucksack-Traveller doch noch lieber«, sagte sie und trank einen großen Schluck Tee. »Nur die kommen nicht nach Burma, da man bei der Einreise gezwungen wird, dreihundert Dollar pro Person umzutauschen, wie damals in der DDR. Für knapp fünfhundert Mark erhält man die entsprechende Menge in komplett wertlosen Kyats. Ach ja, die bayerischen Reisegruppen sind natürlich von diesem Zwangsumtausch befreit. Aber lassen Sie uns ruhig fahren, Christian.«

Im Flugzeug von Bangkok nach Rangoon sahen meine Begleiterin und ich eine Schweizer Reisegruppe. Auf dem Kopf trugen sie Mützen, auf denen in roter Schreibschrift

»Wirz-Reisen« stand. Sie waren um zehn Uhr morgens schon betrunken. Am Flughafen von Rangoon dann beobachteten wir sie, wie sie neben den Burmesen standen. Die Schweizer waren Menschen wie rosa Fleischberge.

Wohl kein Volk der Welt ist so zierlich und dünn wie die Burmesen, daneben diese unglaublichen Fleischpasteten, zweimal, dreimal, viermal so groß. Sie trugen Shorts, die knappsten, die es gab. Erst liefen sie irrtümlicherweise einem Mann nach, der ein gelbes ADAC-Schild hochhielt, und dann fanden sie den Mann mit dem »Wirz-Reisen«-Schild und liefen dem nach. Wir nahmen rasch ein Taxi in die Stadt.

Im Fond des schwarzen Taxis blätterte meine Begleiterin im *New Light of Myanmar*, der burmesischen Tageszeitung. Sie las mir einige Artikel vor. Nicht einmal das *Neues Deutschland* zu DDR-Zeiten verstand es gleichzeitig derart zu langweilen und so unverholen beleidigende und beleidigte Propaganda zu verbreiten. Die Friedensnobelpreisträgerin Aung San Suu Kyi wurde in langen Fantasie-Tiraden erst als Kamel beschimpft und dann der schlimmsten konterrevolutionären Tätigkeiten bezichtigt, der dreisten Lügen und des Imperialismus. Vorne, auf dem Beifahrersitz, saß unser offizieller Aufpasser, und er reichte uns lächelnd weitere Ausgaben des *New Light of Myanmar* nach hinten.

Wir freuten uns über die witzigen Fotos der Parteisekretäre und uniformierten Drogenbarone, die sich grinsend auf der täglichen Titelseite die Hände schüttelten. Erstaunlich waren auch die Berichte über Unmengen konfiszierter Drogen, die Seite zwei und drei des *New Light of Myanmar* füllten. Dann fiel uns ein, daß die Interpol-Konferenz hier in Rangoon bevorstand. Hauptthema sollte sein: Das internationale Heroinproblem. In Burma, so erzählte meine Begleiterin, würde fünfzig Prozent des Weltheroins hergestellt. Deutschland, England und die USA hatten ihre Teilnahme an der Interpol-Konferenz leider abgesagt. Die Schweiz nicht.

Ich sagte zu meiner Begleiterin, daß irgend etwas an der Fahrweise des Taxis merkwürdig sei. Wir rätselten eine Weile herum, und dann kamen wir drauf: Burma ist das einzige Land der Welt, in dem die Menschen mit Rechtsverkehr fahren, aber trotzdem die Autos ihr Steuerrad rechts haben. Der Überholvorgang wird dadurch natürlich erheblich erschwert, weil der Fahrer gar nichts sehen kann.

Vor ein paar Jahren, so erzählte uns unser Aufpasser, seien alle links gefahren, wie in England. Aber ein Astrologe hatte dem Führer der Burmesen, Ne Win, gedeutet, er solle dies über Nacht ändern. Er erließ ein Gesetz zum Rechtsfahren, nur leider konnte er das mit den Steuerrädern nicht mehr ändern. Eins zu null für Ne Win, den Lustigen.

Rangoon erschien meiner Begleiterin etwas uninspiriert, und so flogen wir anderntags weiter, nach Bagan, in den Norden. Bagan war eine staubig-trockene Tiefebene, auf der sich Zigtausende Tempel aneinanderreihten, wie von den Göttern achtlos liegengelassene, putzige Teeservices.

Ein Bekannter hatte uns seinen Freund Herrn Hans Jürgen Voss anempfohlen, ein Deutscher, der das dortige Hotel leitete. Wir suchten Herrn Voss und sein Hotel auf. Er hatte sehr spitz zulaufende Augenbrauen und schien leicht irr. Sein Hotel war eigentlich nur für Tourgruppen gedacht, wie jedes Hotel in Burma. Wir setzten uns in den großen Garten und starrten auf den großen Fluß – den Irrawaddy, auf die Hügel, die sich weit hinten in überlappenden Violett-Tönen verloren und auf die spärlichen Fischerboote.

Während die Sonne am Fluß immer tiefer sank, redete eine ältere Dame in einem fort. Sie war mit einer Reisegruppe hier und saß, wir sahen es erst jetzt, keine fünf Meter von uns entfernt.

»Religion ist das Opium des Volkes, das ist mir hier ja wieder sonnenklar geworden. Die Burmesen merken's ja nicht, wenn Buddha sie bescheißt«, sagte die alte Dame und trank einen Schluck Bohnenkaffee.

Wir setzten unsere Gläser mit Sodawasser ab, plötzlich hellhörig geworden. Gleich sprach sie weiter: »Es gibt ja solche und solche Reiseleiter«, sagte sie in den burmesischen Nachmittag hinein, und meine Begleiterin ortete leise und präzise den Akzent der alten Dame; etwas westlich von Hamburg, vielleicht Stade, oder Cuxhaven.

»In Jordanien«, fuhr sie fort, »ich bin mit der *Fjodor Dostojewski* hingefahren, da hat die Reiseleiterin mich gemahnt, ich solle mich nicht geräuschvoll schneuzen, das hätten die, na die ... äh, die Perser nicht gern. Da habe ich gesagt, ich würde mir doch nur die Nase säubern, das wäre doch hygienisch. Da sagte die Reiseleiterin doch tatsächlich zu mir, den Menschen hier sei das Schneuzen unangenehm und peinlich. Ich solle das man lassen. Na ja, es gibt eben solche und solche Reiseleiter. Auf dem Sinai, wissen Sie, da haben wir jeden Tag eine italienische Reisegruppe getroffen, die von ihrem Reiseleiter arg im Stich gelassen worden war. Bevormundet wegen Schneuzen, das geht ja noch an, aber gänzlich im Stich gelassen, na, ich weiß nicht.«

Wir waren sprachlos. Wir saßen noch eine Weile dort und betrachteten den Sonnenuntergang, und meine Begleiterin erwähnte Evelyn Waugh, der beim Anblick eines ähnlichen Sonnenuntergangs an Neapels Ätna ausgerufen hatte: »I have never seen anything quite so revolting, whether in art or in nature.«

Die alte Dame aus Stade machte »Uhh« und »Aah« und hielt ihre Videokamera in die Sonne. Nach einer ganzen Weile erhoben meine Begleiterin und ich uns aus unseren Lehnstühlen und gingen auf unser Zimmer. Dort spielten wir ein paar Runden Mau Mau, um die Nerven zu beruhigen.

In Bagan wird gerne Mingalao Mandalay getrunken, eine explosive Mischung aus Honig, Rum, Zitronen, Sodawasser und Opiumstaub, und nachts hörten wir Fahrradfahrer, die, Mingalao Mandalay im Blut, zwischen den Tempeln hin und her fuhren und ganz laut sangen, um die Geister, die *Nats* zu vertreiben. Sie kauten Betelnuß und spuckten große Blutfontänen auf die Pfade, die zu den Tempeln führten. Wir sahen unzählige Fledermäuse, Bougainvillea-Sträucher, staubige Straßen, Pferdekutschen und uralte, geistig verwirrte Burmesinnen, die dicke grüne Zigarren rauchten und in der Dunkelheit sonderbare Handzeichen machten.

Zwischendurch trafen wir immer wieder den merkwürdigen Hotelier Voss, der in einem Moment einem als der sympathischsten Menschen überhaupt erschien, und im nächsten Moment schrie: »These Fuckers! I am surrounded by monkeys!« Die Burmesen seien Äffchen, sagte Herr Voss, keiner habe ein Gehirn, aber trotzdem liebe er das Land. Vielleicht waren es gar nicht die Burmesen, die ihn wahnsinnig machten, sondern die Pauschaltouristen, die mit sechzig Mann in seinem Hotel einfielen und Unruhe stifteten und die krausesten Dinge erzählten.

Meine Begleiterin und ich fuhren eine Weile durchs Land, und ich erkannte: Schuld an der ganzen Misere Burmas waren tatsächlich die Chinesen. Ihre Bausünden, alle nicht älter als zwei Jahre, ragten halbfertig in den burmesischen Himmel. Das Land selbst schien nur aus kümmerlichster Agrarwirtschaft zu bestehen, was ja eigentlich nichts schlimmes war, nur hatte die herrschende Junta die Chinesen ins Land eingeladen, dieses zu verschönern. Die alten Gebäude wurden links und rechts abgerissen und neue gebaut, chinesische, postmoderne Interpretationen der burmesischen Traditionsarchitektur.

Diese muß man sich als rundum mit Blauglas verspiegelte Zweckbauten vorstellen. Der neue Flughafen von Rangoon etwa gleicht der goldverzierten Kleenexschachtel auf der Fensterablage eines türkischen Taxifahrers. Und der Bahnhof von Mandalay, früher ein dem immer noch schwachen Bahnverkehrsaufkommen völlig genügender, ästhetisch ansprechender wilhelminischer Kolonialflachbau ohne Schnörkel, war heute ein fünfstöckiges Monstrum mit goldenen Pagodeneckchen und Rolltreppen. Der Bahnhof von Mandalay sah aus, als habe man ein paar deutsche Baumärkte übereinander gestellt und sie dann mit Lametta überzogen. Es war zum Heulen. Aber mit dem Zug fuhr ohnehin kein Tourist. Dafür war der ADAC da. Und natürlich Kuoni.

Wir sahen eine Berliner Reisegruppe, die »Prosit« riefen und morgens um acht vor laufenden Videokameras mit ihren Filterkaffeetassen anstießen, Taxifahrergesichter allesamt. Wir sahen einen jungen amerikanischen Rabauken aus New Jersey in einem Tempel, den haarigen Oberkörper frei, mit den armen Postkartenverkäufern vor dem Tempel verhandelnd, sie mögen ihm für einen Dollar Buddhas Fußabdruck verkaufen, dann wäre er wirklich beeindruckt. All dies sahen wir in Burma. Ich glaube, ich muß mich bei meiner Begleiterin entschuldigen.

DER ISLAM IST EINE GRÜNE WIESE,
AUF DER MAN SICH AUSRUHEN KANN
Peshawar, 1996

Für Peter Lamborn Wilson

Ich traf Ibrahim Khan eines Abends in Peshawar, vor einer
Haschischbar, auf der Straße, die zum Khyberpaß führt. Er
kam heraus auf die schmutzige Allee gewankt und sprach
mich an, und eigentlich wollte ich weitergehen, weil ich ihn
für einen Teppichhändler hielt. Da er aber eine Kalaschnikow
geschultert hatte, hielt ich es für ratsam, stehenzubleiben. Er
hatte einen langen weißen Bart in seinem Gesicht, trug eine
dunkelblaue Pudelmütze auf seinem rasierten Schädel, eine
braune Decke um die Schultern, und während er redete,
lächelte er ununterbrochen, und eigentlich mochte ich ihn
sofort.

Er war schon alt, wie alt genau, das wußte er selber nicht. Er
hatte tiefe Furchen im Gesicht, und er erzählte und erzählte.
Er sprach ein ausgezeichnetes, amerikanisch gefärbtes Englisch, er sprach ganz anders als die meisten englischsprechen-
den rauhen Männer der North West Frontier Province, deren
Akzent mich kurioserweise immer an die Gegend um Shrop-
shire erinnerte. Ich fragte ihn, woher das kam mit dem amerikanischen Akzent, und er sagte, er habe als junger Mann, zur
Zeit der Trennung Pakistans von Indien, gegen die Briten
gekämpft und danach zusammen mit den Amerikanern
gegen die Sowjets, drüben, in Afghanistan. Mit den Amerikanern – die der heutigen Taliban ihre Stinger-Raketen geliefert
hatten – meinte er natürlich die CIA, dessen Hauptquartier

damals in Peshawar lag, aber er sagte nicht CIA, sondern Amerikaner, und deshalb glaubte ich ihm.

Ibrahim Khan schien mir ein hochinteressanter Mann. Da er Moslem war und es hier in Peshawar natürlich keine Bars gab, ich ihn also nicht einfach irgendwo auf einen Drink einladen konnte, gingen wir ein Stück die Straße hinunter. Der Mond war über der Stadt aufgegangen und ein leichter Wind fuhr durch die Straßen und schob den etwas aufdringlichen Geruch von gebratenem Hammel vor sich her. Ich dachte darüber nach, wo ich hier eigentlich gelandet war, und um mich ein bißchen abzulenken, summte ich einen alten Schlager von Serge Gainsbourg, dessen Text mir leider heute, während ich diese Zeilen schreibe, komplett aus dem Gedächtnis verschwunden ist.

Während wir also liefen und plauderten und ich ein bißchen vor mich her summte, kaufte sich Ibrahim Khan an einem Stand zwei weiße Plastiktüten voller Ziegenjoghurt, an einem anderen Stand ein Spielzeug für seine Enkeltochter und an einem dritten Stand einen Batzen Haschisch, den ein kleiner Bub vor unseren Augen mit einem Schraubenzieher aus einem schwarzen Block herausklaubte, der so groß war wie ein Samsonite-Koffer.

Wir tranken süßen, hellbraunen Tee in einem Café, und Ibrahim Khan nannte mich Inglesi, gemeinsam löffelten wir seinen Ziegenjoghurt, den ein junger Kellner für uns in zwei Blechschalen umgefüllt hatte. Irgendwann, es war schon tief in der Nacht, erzählte er mir von diesem winzigen Dorf ganz in der Nähe – na ja, sagte er, drei Stunden entfernt –, in dem alle Waffen der Welt nachgebaut und verkauft und ausprobiert werden. Ich solle doch, sagte Ibrahim Khan und raffte sich dabei die Ärmel seines braunen Gewandes nach hinten, ich solle doch mitkommen, er würde mich führen, und außerdem kenne er da die meisten Leute und er müsse sowieso hin, Freunde besuchen, und das wäre doch überhaupt die Gelegenheit.

Und weil es schon so spät und ich müde war und zurück ins Hotel wollte, sagte ich: Ja. Ich wollte nicht unhöflich sein, aber ich dachte mir, morgen denkt er da gar nicht mehr dran. Wir gingen aus dem Café auf die Straße hinaus, verabschiedeten uns, und er sagte noch: Ich sehe dich morgen früh, Inglesi.

Gegen halb sieben Uhr morgens klingelte das Telefon. Ich träumte gerade einen Traum, in dem ich sonderbarerweise gepfählt, und anschließend irgendwo auf der flandrischen Tiefebene, unter einem gelblich blassen, riesigen Himmel auf ein Rad gebunden wurde. Ich stieß mit dem Arm das Telefon vom Nachttisch und rief: Nein! Als ich den Hörer vom Fußboden aufhob, war Ibrahim Khan am anderen Ende, und er sagte, es wäre schon sechs Uhr dreißig, wann ich denn endlich fertig sei.

Wir fuhren mit dem Bus in das Dorf Darra Adam Khel. Es dauerte wirklich nur drei Stunden dorthin. Ich sah aus dem fensterlosen Busfenster, draußen erschien der Tag. Es wurde warm, und eine Ziege legte ihren Kopf auf mein Knie, um zu schlafen. Ibrahim Khan fragte, ob in meinem Land Ziegen in den Bussen erlaubt seien. Ich antwortete: Nein, nur Hunde, und er nickte und sagte, daß hier eben keine Hunde in den Bussen erlaubt wären, weil Hunde unsaubere Tiere seien. Er übersetzte es dem ganzen Bus, und sofort baten ihn andere Männer, mir einige Fragen zu stellen.

Wie ist der Name deiner Provinz, fragte einer. Meine Provinz heißt die Schweiz, sagte ich. Ah, sagte er. Und, gibt es dort in der Schweiz viele Moslems? Sicher, einige, antwortete ich.

Dann sagte er: Verzeih mir, wenn ich frage – tragen die Männer dort ebensolche Bärte wie hier? Ja, sagte ich, die Bärte der Schweizer sind noch um einiges länger. Und die Schweizer pusten in vier Meter lange Hörner aus Holz, um Musik zu machen, wenn sie traurig sind.

Bei Allah, sagte ein anderer, der ein weißes, fein besticktes Käppchen trug und die Ränder seiner Augen mit Kajal bemalt hatte, die Schweiz klingt wie eine schöne Provinz. Ist es weit weg? Ich antwortete: Ja, sehr weit, am Ende einer langen Reise. Und der mit dem weißen Käppchen sagte: Das ist mir egal, führe mich in deine schöne Provinz Schweiz, denn weite Reisen machen mir nichts aus, bei Allah, einmal war ich sogar in Kabul. Alle im Bus lachten herzlich.

So verging die Zeit, und obwohl es erst halb neun Uhr morgens war und ich Kopfschmerzen hatte, war es sehr angenehm, plaudernd durch das Land zu fahren. Links und rechts zogen knorrige Feigenbäume vorbei, und ab und zu sah ich alte Frauen, die dicke Bündel auf dem Rücken schleppten und sonderbare Handzeichen machten, wenn der Bus an ihnen vorbeifuhr.

Das Dorf Darra Adam Khel lag in einem gelben Tal, umringt von felsigen, öden Bergen, an dessen Hängen nichts wachsen wollte, kein Strauch, kein Baum. Als wir aus dem Bus stiegen, flogen oben am blauen Winterhimmel große Krähen. Wir liefen ein Stück, und tatsächlich schien hier jeder Ibrahim Khan zu kennen. Er grüßte nach links und nach rechts, und dann bogen wir in eine Seitenstraße ab, und plötzlich waren wir mitten in einer Waffenfabrik. Es wurde gebohrt und gehämmert, und überall lagen Waffenteile herum, goldglänzende Patronenhülsen und matt schimmernde Stahlrohre. Es gab große Waschkörbe, voll mit Munition und Handgranaten, daneben achtlos herumliegende Maschinenpistolen, automatische Gewehre, Revolver und Schrotflinten, ganze Stapel davon. Ibrahim Khan erzählte, die Waffenschmiede hier könnten jede Waffe der Welt exakt kopieren, in zwei Tagen. Sie seien dann nicht von derselben Qualität wie die Originale, weil die Präzisionsinstrumente zum Anbohren der Läufe fehlen würden, dafür seien die Kopien aber viel, viel billiger als die Originale.

Natürlich könne man hier in Darra auch die Originale kaufen, und zwar alle Fabrikate: Mauser, Heckler & Koch, Remington, Glock, Makarov, einfach alles. Er führte mich durch die Fabriken – erst jetzt merkte ich, daß das Dorf zu beiden Seiten der Hauptstraße, an der sich Waffengeschäfte aneinanderreihten, eigentlich eine einzige, komplett zusammenhängende, teilweise unter freiem Himmel funktionierende Fabrik war – und ein paar Mal blieben wir auf einen Schwatz stehen bei seinen Freunden, in dessen Folge seine Freunde erst verstohlen auf mich deuteten und dann, den Blick abwendend, mit einer Feile an Patronen herumfeilten. Irgendwann gingen wir einen Milchtee trinken in einer Teestube.

Der Kellner lungerte an unserem Tisch herum, nachdem er den Tee gebracht hatte. Er war jung und schüchtern, und er hatte einen leichten Flaum auf der Oberlippe. Um die schmale Hüfte trug er einen Patronengurt und einen Revolver. Ein paar Fliegen balgten sich um die Milchteetassen, und der junge Kellner scheuchte sie weg. Nach einer Weile legte er sachte ein Stück Zucker auf den Tisch und sagte nur ein Wort: Rummenigge.

Wie du siehst, Inglesi, gibt es hier in Darra überhaupt keine Frauen, sagte Ibrahim Khan, und dann lächelte er wieder sein entwaffnendes Mudjahedin-Lächeln. Nicht eine einzige, fügte er hinzu, warum auch?

Und? fragte ich. Ich dachte, jetzt kommt etwas über die merkwürdige Auslegung des Islams hier und über die Rolle der Frau darin. Wieder etwas über Bärte, und wie wichtig sie seien, und über die Notwendigkeit der Einführung einer Bartpolizei, genau wie im von den Taliban kontrollierten, nur wenige Kilometer entfernten Afghanistan. Dort, so hatte ich erfahren, waren alte Männer übel zugerichtet worden, nachdem sie von der Bartpolizei aufgegriffen und ihre Bärte, nachdem sie zur Kontrolle durch eine Art Toilettenpapierrolle gezogen wurden, nicht die notwendige Länge aufwiesen.

Ibrahim Khan trank einen kleinen Schluck Tee. Nun, sagte er, wir Männer aus den Dörfern verstehen die Kunst der schweigsamen Einen Hand. Er legte mir den Arm um die Schultern, und ich verschüttete etwas Milchtee aus meiner Tasse. Und ich selbst, sagte er, habe als junger Mann schon mehrere Esel gehabt, dort oben in den Bergen, bei den dunklen Feigenbäumen. Oh, sagte ich.

Ich schwöre, es ist wahr, Allah ist mein Zeuge, sagte Ibrahim Khan. Und dann lachte er und schlug mir auf den Rücken. Du bist doch ein Mann, sagte er zu mir. Dann lerne auch zu schießen wie ein Mann. Ich lächelte, nicht ohne ein Gefühl der Peinlichkeit zu unterdrücken. Wie schieße ich denn wie ein Mann, fragte ich.

Paß auf. Er nahm meine Hand, und wieder gab es eine von diesen ständigen Berührungen des Islams, die halb freundschaftlich, halb vertraulich gemeint sind und auf Europäer immer etwas zu intim wirken. Paß auf, wir gehen jetzt in das Geschäft eines Freundes und sprechen mit ihm.

Er ließ seine Hand in meiner Hand, mit der Linken nahm er noch meinen Ellenbogen, und so steuerten wir die Hauptstraße von Darra hinunter – ich scheue mich, dies jetzt so zu schreiben – händchenhaltend. Ab und zu trat ein Kunde vor ein Waffengeschäft, entsicherte ein Schnellfeuergewehr und schoß, probeweise und sicher auch um die Ware zu testen, ein paar Salven in die Luft. Ich zuckte jedesmal zusammen, und Ibrahim Khan drückte meine Hand fester in seine, um mir Mut zu machen.

Wir betraten das Waffengeschäft seines Freundes, und Ibrahim Khan sagte etwas auf paschtu, einem afghanischen Dialekt, der Mann griff in ein Regal hinter sich und holte eine Panzerfaust hervor. Er legte sie auf die grobe braune Holzbank, die ihm als Ladentheke diente, zog sich am Ohrläppchen und sagte: Siebzig Dollar die Granate.

Du mußt einen Preis nennen, irgendeinen, sagte Ibrahim Khan und stieß mich mit dem Ellenbogen in die Seite. Nun, Fünf Dollar, sagte ich, obwohl ich gar keinen Preis nennen wollte. Der Waffenhändler verzog das Gesicht, schnalzte mit der Zunge und meinte: Acht Dollar. Ich schüttelte den Kopf und lächelte. Ibrahim Khan schüttelte den Kopf und lächelte. Der Waffenhändler schüttelte den Kopf und lächelte. Dann zuckte er mit den Schultern und sagte, vor einem Monat wäre ein Japaner dagewesen, der siebzig Dollar pro Granate gezahlt hätte.

Ibrahim Khan sagte: Du mußt jetzt schnell einwilligen, Inglesi, sonst beleidigst du meinen Freund hier. Außerdem, komm, acht Dollar ist doch kein Preis. Für acht Dollar bekommst du, warte mal, höchstens eine einzige Videokassette oder einen Beutel kümmerlicher Feigen bei Dean & Deluca.

Ich zündete mir eine Zigarette an, und um jetzt nicht mein Gesicht zu verlieren – denn acht Dollar, wenn man es so sah, waren wirklich nicht viel –, sagte ich: Gut, fein, drei Granaten für zwanzig.

In Ordnung, sagte der Waffenhändler und hielt mir seine trockene, angenehme Hand über die Verkaufstheke. Ich schüttelte seine Hand. Dann schüttelte er die Hand von Ibrahim Khan. Dann schüttelte der Waffenhändler wieder meine Hand. Irgendwie hatte ich ein dummes Gefühl. Irgend jemand war hier gerade hereingelegt worden. Komm, sagte Ibrahim Khan, und wir verließen das Geschäft, komm, laß uns jetzt schießen gehen.

Kurze Zeit später saßen wir auf der Ladefläche eines Lastwagens und fuhren über eine Schotterpiste in die Berge. Es holperte und ruckelte, und Ibrahim Khan hatte den Stoffsack mit den Granaten direkt zwischen meine Füße gestellt. Jedesmal, wenn wir durch ein besonders tiefes Schlagloch fuhren, lächelte er mich an. Nach einer ganzen Weile hielten wir an, stiegen aus und marschierten hinter einen Berg. Der Fahrer blieb im Lastwagen, und ich sah noch, wie er sich eine armdicke Haschischpfeife anzündete.

Wir setzten uns auf einen Felsen. Über uns am Himmel zogen schwarze Krähen ihre Bahnen. Ibrahim Khan öffnete seinen Stoffbeutel, griff hinein und holte eine große grüne chinesische Granate heraus. Sie sah aus wie etwas zu essen, wie ein elegant eingewickeltes Bonbon. Er wickelte den Zünder aus dem knisternden beigefarbenen Packpapier, drehte daran, steckte ihn hinten in die Granate hinein und das Ganze dann vorne auf die Panzerfaust. Dann hielt er sie mir hin.

Das hier, Inglesi, ist die RPG-7. Es ist eine russische Waffe, vor einigen Jahren erbeutet, in der Nähe von Jalalabad. Suche jetzt ein Ziel mit deinem Herzen. Dann wirst du sehen: Es ist ein sehr süßes Feuer, sagte er, und dann stopfte er sich zwei Stoffschnipsel in die Ohren und ging mit wehendem Gewand in Deckung.

Ich hielt das Ding auf der Schulter, wie ich es aus Kriegsfilmen kannte, zwischen der Seite des Halses und dem Schlüsselbein. Wenn ich heute zurückblicke, muß ich sagen, daß ich damals wirklich große Angst hatte. Ich machte die Augen zu und dann wieder auf und dann schnell wieder zu. Die Panzerfaust zitterte, obwohl sie gar nicht schwer war, und ich dachte damals, Ibrahim Khan sieht das Zittern des Rohrs und lächelt darüber, und das wollte ich nun wirklich nicht, und deshalb drückte ich ab.

Es gab sonderbarerweise rechts hinter meinem Kopf eine Explosion und einen hellen, orangeroten Blitz. Ich sah direkt vor mir eine kleine Rauchwurst, die sich in Richtung eines Hügels schlängelte. Ich zwinkerte mit den Augen, sah in die Richtung, in die ich geschossen hatte, und dort, wo eben noch ein Hügel stand, war jetzt keiner mehr. Der Hügel war weg, einfach so.

Ibrahim Khan kam schreiend angerannt. Ha! Inglesi, siehst du, rief er, es ist ein sehr, sehr süßes Feuer! Er riß sich die Kalaschnikow von der Schulter und feuerte ein paar Freudensalven in die Luft. Dann tanzte er in seinen Lederschlappen einen Freudentanz, und sein weißer Bart wippte auf und ab.

Ich war benommen. Mein rechtes Ohr war vollkommen taub, ich befühlte es, weil mir war, als ob es bluten würde. Unsinn. Ich warf die leergeschossene Panzerfaust in den Staub zu meinen Füßen und rief ebenfalls: Jaa! Ausgezeichnet! Sofort noch mal schießen!

Ibrahim Khan holte eine weitere Granate aus dem Stoffsack und ließ mich diesmal den Zünder selbst hineinschrauben. Er gab mir einen Fetzen Stoff und bedeutete mir, ich möge ihn in mein Ohr stopfen. Ich nahm die RPG-7 auf die Schulter.

Inglesi! Nicht nach dort hinten zielen, rief er. Da sind Ziegenhirten in den Bergen! Er ruderte mit den Armen. Ja, mehr nach links. Und auf keinen Fall über den Berg hinüberzielen, sonst landet die Granate mitten in Darra!

Ich schwenkte nach links, atmete aus und drückte ab. Wusch-Rumms, machte es, und zweihundert Meter entfernt zerfiel ein riesengroßer Felsbrocken zu Staub. Es roch scharf und ätzend und ausgezeichnet, wie damals in meiner Kindheit, nach dem Feuerwerk zum 1. August, dem Nationalfeiertag der Schweiz.

Ich probierte an diesem Tag noch ein paar andere Waffen aus, ich, der ich noch nie in meinem Leben geschossen hatte: Uzis und die M16 und einige obskure tschechische Fabrikate, und ich merkte, daß schießen wie Kartoffelchips essen ist, weil man davon erst genug kriegen kann, wenn einem schlecht ist.

Am besten gefiel mir die Kalaschnikow, die russische AK47. Es gab sie auch in einer chinesischen und einer Darra-made-Version, aber mit der Russischen konnten beide nicht mithalten. Der Abzug war butterweich, das Visier genau und wenn man den kleinen Hebel auf Salve stellte, dann knatterte sie spektakulär.

Du hast dich in die Kalaschnikow verliebt, sagte Ibrahim Khan zu mir. Wir alle hier lieben die Kalaschnikow, sie ist die Waffe der Männer hier oben, sie ist unsere Freundin, unsere Geliebte. Sie ist Schwert und Schild des Islams.

Ja, sagte ich. So ist es.

Im Bus, auf dem Weg zurück nach Peshawar, war ich sehr schweigsam. Auch Ibrahim Khan war müde, die Wintersonne brannte heiß vom Himmel, und wir dösten eine ganze Weile vor uns hin. An der Bushaltestelle trennten wir uns. Er drückte mir ein Paket in die Hand, umarmte mich kurz, drehte sich um und verschwand in der Menge.

Im Hotelzimmer setzte ich mich auf mein Bett und wickelte vorsichtig das Päckchen aus, auf das er mit krakeliger Kinderschrift meinen Namen geschrieben hatte. Nicht Inglesi, sondern meinen Namen. In dem Paket war ein Koran.

HELLO KITTY GOETHE
Bangkok, 1999

Allem vorausgeschickt: Ich mag das Goethe-Institut. Die Briten haben zwar ihren eleganten British Council, die Franzosen ihre ausgezeichnete Alliance Française, aber dafür kann man sich bei den deutschen Kulturinstituten in aller Welt sofort zu Hause fühlen: Irgendwo auf unserem Globus wird es immer eine Wim-Wenders-Retrospektive geben, ungemütliche Holzstühle, Linoleumfußboden und verbilligtes Seven-Up in Plastikbechern. Auf das Goethe-Institut ist einhundert Prozent Verlaß.

Unwichtigere Länder wie Italien und Holland haben solche Institutionen gar nicht. Wir schon: Dort draußen in den entlegensten Winkeln der Erde (Wann waren Sie, bitte, das letzte Mal in Hyderabad oder in Hanoi?) sitzen honorige Akademiker und verwalten und verteilen, etwas müde, die Brosamen deutscher Kultur. Wenn ein Goethe-Institut aus Geldmangel schließen muß, wie neulich in Reykjavik, dann demonstrieren die aufgebrachten und traurigen Einwohner dagegen, betrinken sich und rollen aus Protest Bronzestatuen von Kleist und Hölderlin ins Meer. Und das ist doch ganz wunderbar.

Als ich neulich mit dem Schriftsteller Benjamin von Stuckrad-Barre hier im Goethe-Institut in Bangkok vorsprach und erklärte, wir hätten beide relativ erfolgreiche Romane über Jugendkultur in Deutschland geschrieben, und wir würden gerne eine Lesung veranstalten, selbstredend ohne Bezahlung, schien es uns noch selbstverständlich, daß man uns sagte, es gebe zur Zeit keinen Bedarf. Wir kannten das; auch zu Hause in Deutschland sagt man gerne immer erst einmal nein, bevor man irgendwelche Ideen bejaht.

Die junge Schriftstellerin Elke Naters sei ebenfalls gerade bei mir zu Besuch, erzählte ich den Menschen vom Institut weiter, und man hätte ja irgend etwas zusammen machen können. Eine Dreier-Lesung mit anschließender Diskussion, vier Flaschen Weißwein, einigen Salzkeksen mit Edamer-Scheiben, das wäre doch interessant.

Es seien aber gerade Schulferien, beschied man uns. Eine Lesung sei zu schwierig für Thais, sagte jemand anderes. Das Publikum dafür sei einfach nicht vorhanden, sagte ein Dritter. Obwohl, erinnerte sich der Direktor, 1993 habe man schon mal eine Lesung gehabt, und die sei ganz erfolgreich gewesen.

Wir standen auf der Veranda des Instituts. Die Sonne schien, und es entstand eine etwas unangenehme Gesprächspause. Wir besahen uns unsere Fingernägel und eine Lehrerin kramte umständlich in ihrer Handtasche nach einer Zigarette. Schließlich fragte Benjamin von Stuckrad-Barre, ob es denn vielleicht möglich sei, daß wir dem Deutsch-Unterricht beiwohnen, aus Interesse daran, wie deutsche Kultur und Sprache im fernen Südostasien vermittelt werden. Mal sehen, wie so was gemacht wird.

»Aber Sie sind doch gar keine Pädagogen, warum interessieren Sie sich denn dafür?« fragte die Lehrerin mit der Zigarette. Benjamin von Stuckrad-Barre blickte erst zur Decke und schloß dann die Augen. Meine Begleiterin, die mit deutschen Beamten viel weniger Geduld hat als ich, hatte die Gesprächsrunde schon vor einiger Zeit verlassen. Sie saß drüben auf der anderen Straßenseite in einem kleinen Café, wartete auf uns und las ein Buch von Ezra Pound.

Ich erwähnte, einer plötzlichen Eingebung folgend, die *Welt am Sonntag*, jene geschätzte Zeitung, die es mir ermöglicht, unregelmäßig über Südostasien zu berichten. Man werde dies prüfen, beschied man uns. Schließlich könne man ja nicht wissen, welchen Tenor der Artikel haben werde. Aber wahrscheinlich werde es nicht gehen.

Lieber Leser, an dieser Stelle staunen Sie vielleicht ein bißchen. Welchen Tenor? Wir staunten auch. Meine *Welt am Sonntag* ist doch kein linksradikales Aufdecker-Blättchen, sagen Sie sich, während sie Ihren Sonntagmorgen-Tee trinken, lesen, und dann aus dem Fenster sehen.

Gerne hätten Sie beim Bestreichen ihres zweiten Stücks Toast mit Orangenmarmelade gelesen, wie es denn vor sich geht, wenn junge Thais Deutsch lernen – durchaus keine einfache Sprache –, was sie sich davon versprechen, was sie von Deutschland halten, ob sie gar eines Tages hinfahren möchten, als Touristen vielleicht, Geld ausgeben, Heidelberg anschauen, das Oktoberfest, oder Norman Fosters neues Reichstagsgebäude. Und gerne hätte ich es für Sie beschrieben.

Der Tenor des Artikels, lieber Leser, seien Sie sich gewiß, wäre sehr schmeichelnd für das Goethe-Institut Bangkok geworden, hätten die Verwalter der deutschen Kultur in einer der größten Metropolen der Welt, einer Stadt, in der immerhin ein paar tausend Deutsche leben, nicht so getan, als seien sie die CIA-Hauptzentrale in Langley, Virginia. Die, wie mein muskulöser Freund Franz Josef Wagner gerne sagt, Lordsiegel-Bewahrer.

Apropos Lordsiegel-Bewahrer: Diese Woche ist Walter Mayer zu Besuch, der Lordsiegel-Bewahrer Franz Josef Wagners. Er wohnt drüben im *Oriental Hotel*, das aufmerksamen

Lesern dieser Geschichten inzwischen bestens bekannt sein dürfte. Meine Begleiterin und ich werden Walter Mayer ein bißchen herumführen, vielleicht zusammen ein paar scharf gewürzte Suppen essen, Tempel ansehen, grünen Tee trinken, das Übliche. Das Goethe-Institut werden wir ihm nicht zeigen.

MIT MEINER MUTTER IM EASTERN
& ORIENTAL EXPRESS
Bangkok – Singapur, 1999

Es gibt Tage hier in Bangkok, da hängen der Dunst und der Smog und die Abgase wie ein großes Neuenburger Käsefondue in der Luft. Draußen ist es dreiundvierzig Grad heiß, und alle in der Stadt stöhnen und setzen sich vor ihren geöffneten Kühlschrank und löffeln Mango-Eis. Das Telefon klingelt, aber man kann leider nicht abnehmen, da das Telefon natürlich zu weit vom Kühlschrank weg steht. Sogar die Straßenhunde können sich nicht bewegen. Sie liegen japsend im Schatten, zu erschöpft, um zu kläffen. An solch einem Tag kam meine Mutter aus der Schweiz zu Besuch.

Sie brachte Schokolade mit von Lindt & Sprüngli aus Zürich, und die Schokolade schmolz sofort vor sich hin, wir mußten sie in den Kehricht werfen, zusammen mit dem mitgebrachten neuen Spiegel. Vorne drauf war eine urinierende belgische Statue abgebildet, und ein Heft, das so aussieht, sollte man nicht lesen.

Meine Mutter und ich beschlossen also, eine Zugfahrt zu unternehmen, am besten eine sauteure, klimatisierte. Meine Begleiterin war sowieso gerade damit beschäftigt, irgendwo an der laotischen Grenze einen langen Dokumentarfilm über einen obskuren Schweigewald zu drehen. Ich wollte da nicht mitfahren.

Nachts träumte ich von frischen Schweizer Matten, von kalten, klaren Bergseen und von Gletschern. Und so buchten meine Mutter und ich telefonisch zwei Tickets von Bangkok nach Singapur, an Bord des Eastern & Oriental Express.

Der Zug stand leuchtend grün und frisch gewaschen auf Gleis zwölf der Hualampong Station, so nennt sich der Hauptbahnhof in Bangkok. Ein junger Mann öffnete uns die Tür des Taxis, griff sich unser Gepäck und bat uns, in einem kleinen Bahnwärterhäuschen Platz zu nehmen. Dort mußten wir irgend etwas unterschreiben, und dann wurden wir zusammen mit einer großen Menge sichtlich aufgeregter Australier in den Zug selbst hineingebeten.

Es war schön im Zug. Es war vor allem – kühl. Viele seltene Tropenhölzer waren beim Bau verwendet worden, und unser Abteil erinnerte mich in seiner Enge und Geborgenheit sofort an den Autoverlade-Schlafwagen von Lörrach nach Westerland, den ich in meiner Kindheit oft nehmen durfte. Es roch sogar genauso, nach Metall, nach mehrfach gewaschenen Bettlaken und nach frisch angespitzten Bleistiften.

Und dann fuhren wir schon los, durch die endlosen Außenbezirke Bangkoks, an Behausungen vorbei, die nur aus Pappkartons bestanden, an Palmen, Tümpeln und an winkenden Kindern. Die Stadt hörte auf, und der Urwald begann.

Grün war alles, endloses Grün, zerteilt von Licht. In diesem Moment mußte ich sehr schnell an etwas denken: Ich dachte an meine Zeit in Indien, an die dumme Zeit dort am Strand, an die Monate des Herumlungerns, an die unachtsam aufgekratzten Mückenstiche am Schienbein, die sich entzündeten und anfingen zu eitern. Es war immer schlimmer geworden, so daß ich ins Krankenhaus fahren und die Sache einem Arzt hatte vorführen müssen.

Dort zeigte ich mein Schienbein vor, in einem von tropischer Fäulnis überzogenen Bau, dessen Innenfarbe nicht Klinik-hellgrün und weiß war, sondern braun, und ich sprach leise mit einem jungen indischen Arzt, der geduldig lächelnd, mit schmutzigen Fingern in einem Hinterzimmer Menschen verband.

Der aufgekratzte Mückenstich war zu einer richtigen Wunde geworden, gelblich, mit einem schwarzen Rand. Es sah gar nicht gut aus. Hinter dem sehr jungen Arzt, der mich verband, waren dunkelbraune und rote Spritzer an der Wand zu sehen.

Man könne dem Ganzen nur Tetracyclin hinterherwerfen, sagte der Arzt und lächelte wieder. Asien, hatte er gesagt. In Asien entzünde sich alles. Und Tetracyclin helfe gegen alles, hatte er gesagt, sogar gegen die Pest, gegen den Schwarzen Tod.

Dies dachte ich, während meine Mutter in unserem Abteil einen Mittagsschlaf hielt und der Zug in den Dschungel hineinfuhr. Es war so hell.

In der überall ausliegenden Zugbroschüre hatten wir gelesen, daß das Essen im Restaurantwagen eher eine formelle Sache war. Als meine Mutter wieder aufwachte, zogen wir uns also ordentlich an, setzten uns auf die uns höflich vom Personal zugewiesenen Plätze und beobachteten die anderen Gäste. Es waren alles Australier.

Die Herren trugen überdimensionierte, ihren etwas groben Gesichtszügen dennoch durchaus angemessene, bunte Fliegen. Die Ladies trugen fröhlich-elegant gemusterte Sommerkleider. Sie hatten ausgemacht schön gebräunte Haut, am Haaransatz waren ihre Haare von der Sonne ausgebleicht, und sie sahen alle aus, wie nur Australier aussehen können: Kerngesund.

Am Nebentisch saß ein Ehepaar, das ganz offensichtlich nicht aus Perth oder aus Melbourne kam und meine Mutter und ich stellten uns nickend vor. Die beiden kamen aus Hamburg-Quickborn. Der Ehemann trug eine Lesebrille wie Henning Voscherau, ähnelte Stefan Aust und sagte »Ausgezeichnet!«, während er sein Menu aß. Er besaß, so erzählte er gleich, ein Reitpferd. Seine Frau hieß Hannelore.

Das Essen war tatsächlich ausgezeichnet. Es war eine gelungene Mischung aus thailändischer, französischer und kalifornischer Küche – ich glaube, man sagt dazu *Pacific Rim Cuisine*. Es gab ein paar ordentliche Weißweine, und der Zug zuckelte lustig durch den Nachmittag, da die Australier jetzt schon alle stark betrunken waren.

Ich hatte mir extra für die Fahrt in einer Gebrauchtbuchhandlung Agatha Christies Roman »Murder on the Orient Express« gekauft und las eine Weile darin. Das Buch war leider nicht sehr amüsant geschrieben, aber es war trotzdem spannend, und ich mußte jetzt einfach herausbekommen, wer denn den sonderbaren Mr. Pratchett nachts in seinem Abteil mit zwölf Messerstichen ermordet hatte. Während ich las, blätterte meine Mutter in der *Vogue Bambini*.

Ich las Agatha Christies Buch zu drei Vierteln durch, gähnte ein paar Mal, und nach einer Weile hielten wir in Kanchanaburi, am Kwai-Fluß. Die Bremsen quietschten, es gab eine unverständliche Ansage, und dann schoben sich die Reisenden aus dem Zug wie eine lange Leberwurst aus einem Metzgerdarm, um die Brücke am Kwai anzusehen, ein Bauwerk, das alliierte Kriegsgefangene gegen Ende des Zweiten Weltkrieges für die Japaner bauen mußten. Dezimiert von Seuchen, Mißhandlungen und schlechter Ernährung waren die Alliierten Soldaten wie die Fliegen gestorben, und hätte David Lean nicht einen feinen Spielfilm daraus gemacht, wären diese Männer heute vergessen.

Wir liefen zu einem großen Friedhof. Auf den Gräbern waren junge Namen zu lesen, britische 22jährige, einige holländische Soldaten. Ein paar Rasensprinkler drehten sich, zur heißesten Tageszeit verteilten sie das Wasser über die Reihen sauber angelegter Gräber.

Die Sonnenstrahlen brachen sich in den Tausenden fallenden Wassertropfen.

DE JONG. SOLD. INF. R.I.P. 1. 4. 1944

stand dort auf einem Grab, seltsam erleuchtet, hell, blumenumrankt. Hinter dem Friedhof wurde von einem Endlostonband das gepfiffene Hauptthema des Films gespielt, aus scheppernden Lautsprechern. Es ist leider gleichzeitig das Lied aus dem deutschen Underberg-Fernsehspot, so daß dadurch für meine Mutter die getragene Stimmung des Ortes etwas gestört wurde. Wir kehrten zum Zug zurück.

Der Eastern & Oriental Express fuhr wieder an, in Richtung malaysische Grenze. Die Sonne verschwand hinter den endlosen Reihen von Gummibäumen, und es wurde schlagartig dunkel. Meine Mutter und ich zogen uns erneut um, noch etwas ordentlicher als zum Mittag, und setzten uns in den Barwagen. Dort merkten wir, jeder zwei Brandy Alexander bestellend, daß Australier nicht nur super aussehen, sondern auch extrem offen und humorvoll sind:

»Ich habe jahrelang diese Spaghetti Bolognaise gekocht, jahrelang«, erzählte eine Australierin sehr laut in die Runde. Sie tranken alle Unmengen australischen Chardonnay und steckten die Flaschen kopfüber in den Eiskübel, wenn sie leer waren.

»Sag bloß«, riefen ihre Freunde, die die Geschichte schon tausendmal gehört hatten. »Ja ja«, antwortete sie. »Bis eines Tages mein Mann zu mir meinte: Die Spaghetti-Bolognaise-Scheiße hängt mir zu den Ohren raus. Spaghetti habe ich bis hier.« Die doch recht hübsche Frau und fuhr sich mit der Handkante über die Gurgel. »Und wißt ihr was? Die Woche drauf ließ ich mich scheiden.«

»Neiiin!?« schrien die Australier und prusteten los. Der Kellner beugte sich zu der Australierin und sagte: »Noch eine Flasche Chardonnay, Madame?« Meine Mutter war in ihr Abteil gegangen. Es war ihr zu laut.

Der Zug hielt mitten im Dschungel, und eine Ansage ertönte. Ein anderer Zug sei auf unserer Strecke entgleist, und nun müßten wir ein bis zwei Stunden warten. Die Australier plapperten und tranken weiter, und ich spielte gegen mich selbst eine Partie Scrabble, die ich aber abbrechen mußte, da ich das Wort »Borscht« nicht richtig buchstabieren konnte. Ich bestellte einen Crème de Menthe, las eine Seite Agatha Christie genau dreimal hintereinander, sah dann aus dem Fenster in die Nacht, und der Zug fuhr wieder los. Was war geschehen?

Hannelore und ihr Ehemann aus Quickborn wußten mehr: Es habe bei dem Zugunglück fünf Tote gegeben, flüsterten beide. Grauenvoll. Sie hätten es vom Zugchef, zwinkerte Hannelore mir zu, und dann verzogen auch sie sich in ihr Abteil.

Mr. Christopher Byatt, der Zugchef, kam herbei, und ich fragte ihn, ob er wisse, wie man »Borscht« buchstabiert. Er sagte, man buchstabiere es »B-O-R-S-C-H-T-S-C-H«, dies läge an dem russischen »Tschtsch«-Laut, der im Deutschen und im Englischen ja gar nicht vorhanden sei. Dann unterhielten wir uns über die Vorzüge der Khmer-Kunst (11. Jhdt.) gegenüber Sukhothai-Kunst (13. Jhdt.), und über die etwas unpassenden Bezüge der Sitzgarnituren hier im Eastern & Oriental Express.

Ein Monsieur Gallé aus Frankreich habe leider das Inneneinrichtungs-Monopol gehabt, und Monsieur Gallé wollte den Zug damals haargenauso bauen wie in dem Marlene-Dietrich-Film »Shanghai-Express«. Ein bißchen weniger viktorianisch und ein bißchen mehr Bauhaus würde dem Zug allerdings guttun, meinte Mr. Byatt und fuhr mit der Hand über die dunkelrot gemusterten Paisley-Bezüge. In der anderen Hand hielt er einen frisch gepreßten Orangensaft. Mr. Byatt war ein ausgemacht angenehmer Zugchef.

Draußen zogen nun ein paar erleuchtete Bretterhütten vorbei, man konnte sehen, wie eine Familie ihr Abendessen zubereitete. Ein Mann stand mit einer Flinte neben den Gleisen und starrte ins Nichts. Ein paar Hunde rannten eine Weile bellend neben dem Zug her und gaben dann auf.

Anderntags fuhren wir durch Malaysia. Die Menschen hier schienen unglücklicher zu sein als in Thailand. Die Männer trugen Schnauzbärte, und sie wirkten piratenartig und böse. Malaysia war auch viel leerer als Thailand, ganze Felder standen leer und ausgedörrt. Das Land und seine Bewohner schienen mir erdrückt und geduckt und schrecklich unattraktiv.

Sie werden sich an dieser Stelle fragen, lieber Leser, wie man denn ein ganzes Land wie Malaysia in einen flüchtig skizzierten Absatz zwängen kann? Wie kann man sich erlauben, aus einem Zugfenster zu blicken, in einem arschteuren Zug noch dazu, und dann so ein Urteil fällen? Sie haben recht. Gerne hätte ich mit meiner Mutter draußen in einem Dschungeldorf an ein paar Türen geklopft, dann die Schuhe ausgezogen und uns bei Kerzenschein mit malayischen Familien über dies und jenes unterhalten.

Aber wir fuhren nun einmal mit dem Eastern & Oriental Express, der mit der Realität nun überhaupt nichts mehr zu tun hat. Wir fuhren mit diesem Unding durch die Nacht, der uns scheibchenweise Asien vorführte, fein portioniert in zugfenstergroße Ausschnitte. Und wenn man nicht hinaussehen wollte, dann sah man eben wieder in die *Vogue*. Meine Mutter und ich hatten für ein merkwürdiges Stück – Sie entschuldigen bitte das ekelhafte Wort – *Lifestyle* bezahlt, und das hatten wir auch bekommen. Mit Asien hatte das nicht das geringste zu tun.

Am nächsten Morgen fuhr der Zug in Singapur ein. Ich hatte Agatha Christies Roman »Murder on the Orient Express« fast zu Ende lesen können. Ich weiß, es klingt jetzt wie eine allzu bemühte Metapher für irgend etwas, aber es stimmt wirklich: Die letzten Seiten waren verdruckt. Die Buchstaben klebten aneinander wie schwarze Grütze. So erfuhren Hercule Poirot und ich nie, wer der Mörder war.

EIN JAHR VOR DER ÜBERGABE
Hong Kong, 1996

Flughafen Kai Tak, Kowloon
22 Uhr 20

Bei der Ankunft am Flughafen Kai Tak ist es sehr dunkel, und es regnet, und im Gehirn entsteht sofort eine Szene aus diesem blöden Film, weil da draußen, während das Flugzeug langsam ausrollt, auf riesigen Leuchtbuchstaben »Double Happiness« verkündet wird. Darüber steht das gleiche in chinesischen Schriftzeichen, vermutlich. Alles verwischt, das rote und gelbe und blaue Licht der Reklamen bricht sich und löst sich auf. Ärgerlich, daß Asien und Regen, unverständliche Neonschriften und Dunkelheit unweigerlich den Film *Blade Runner* suggerieren müssen.

Der Flughafen wirkt veraltet, eigentlich wirkt alles veraltet, aber dann fällt einem auf, daß das auch wieder am Licht liegt. Es gibt in der Ankunftshalle keine Halogenstrahler, kein direktes Licht. In Europa will man durch Halogenlicht in öffentlichen Räumen Intimität schaffen, kleine ironische, selbstreferenzielle Eckchen, die mit Punktstrahlern erhellt werden. In Asien ist das nicht nötig, alles wird mit bleichem Neon überstrahlt.

Achtung, bitte merken: Die engen, makellosen, dunkelblauen Uniformen der Polizisten. Die nervösen Bangladeschis in der Zollschlange. Der korrekte, harte Blick des Paßbeamten. Die merkwürdigen, schönen Sing-Sang-Orte, die man von hier aus anfliegen kann: Harbin, Guangzhou, Hainan, Hanoi, Kunming, Taipeh.

Sofort in eines der roten Taxis. Alle Taxis hier sind Toyota Crowns, circa 1982. Die Straße, in die der Fahrer hin soll, hat wie die meisten Straßen in Hong Kong einen englischen Namen: Staunton Street.

Der Fahrer versteht kein Wort Englisch, nicht einmal einen Straßennamen. Vorsichtshalber und sicher auch schlauerweise hat man sich vorher von Richard die kantonesische Aussprache der Staunton Street am Telefon vorsingen lassen: Si-don-ton-gai. Als der Fahrer es hört, dreht er sich um und fängt an zu lachen. Ganz offensichtlich ein Schimpfwort: Si-don-ton-gai. Bitte dies auch merken.

Dann fährt das Taxi unter den großen gelben Leuchtbuchstaben, und man denkt: Da ist jetzt die Stadt, Hong Kong, nicht so weit weg wie Tokio, aber unendlich viel fremder. Der blöde Bladerunner-Film hat vollkommen unrecht, weil es selten eine Stadt gibt, die so homogen erscheint, so wenig gespalten und so wenig unglücklich wie Hong Kong. Aber der Film spielt ja sowieso in Los Angeles, und das ist die Stadt der entropischen Ausweitung, die ja hier in Hong Kong wegen den Kommunisten gar nicht möglich ist, zumindest nicht physisch.

Einkaufszentrum Ocean Galleries, Tsim Sha Tsui
11 Uhr

Der amerikanische Schriftsteller Don DeLillo bezeichnet in einem seiner Bücher *Suntory, Kirin, Minolta, Sony* als die neuen Namen der synthetischen Massensprache, als das *Espe-*

ranto des Jetlag. Diese schönen asiatischen Hybridnamen haben aber für den asiatischen Konsumenten überhaupt keine Aura.

Für den jungen, aufstrebenden Hong Kong-Chinesen sind die mythischen Wörter nämlich Gucci, Jil Sander, Prada und Helmut Lang. Für den Ärmeren, aber dafür um so heftiger Aufstrebenden dann eben Armani, DKNY, Calvin Klein und Hugo Boss. Das sind natürlich Namen, die eine Welt jenseits des täglich erlebten Hyperkapitalismus suggerieren, sie bezeichnen für Asiaten, glaube ich, die alte Welt, eine Art Disney- und mumifiziertes Europa, das es schon lange nicht mehr gibt, dessen Mailänder, Hamburger oder Wiener Namen man sich aber noch leihen kann, obwohl das Zeug selbst wahrscheinlich hier hergestellt wird.

Hier in Hong Kong wird man sonderbarerweise architektonisch gezwungen, durch Einkaufspassagen zu gehen, an Geschäften vorbei, durch Geschäfte hindurch. Es ist eigentlich vollkommen unmöglich, auf der Straße spazierenzugehen; man wird als Passant riesengroße Rolltreppen hinaufgepreßt, die einen von einer kilometerlangen Einkaufspassage in die nächste schicken, ohne daß man jemals die Straße berühren müßte. Einkaufen wird so zum ersten und letzten Existenzzweck; die Fortbewegung durch den Raum dient nur dem Leeren der Kreditkarte.

Einkaufszentrum Landmark, Central, bei Gucci
15 Uhr 20

Deutschland hat seine erste Gucci-Filiale Mitte Juli dieses Jahres bekommen, auf winzigkleinen einhundertneun Quadratmetern am Hamburger Gänsemarkt. Hong Kong besitzt bei sechs Millionen Einwohnern jetzt schon zehn Gucci-Filialen, eine elfte ist geplant. Die Filialen sind alle sehr, sehr groß. Na, das ist eben so. Die kleinen Chinesinnen habe alle Prada an, oder Gucci, oder wenigstens sehr gute Imitate. Es gibt diesen Blick, den sie einem zuwerfen beim Vorbeigehen, ein Austarieren der Kleidung, des Haarschnitts, alles wird vorgemerkt, wenn etwas akzeptiert wird, dann geht es sofort in das kollektive Bewußtsein ein, es wird erst angeeignet, für sich in Beschlag genommen, kopiert und dann sofort tausendmal besser gemacht.

Auch in dieser Filiale sind die Gucci-Halbschuhe mit der Silberschnalle vorne komplett ausverkauft. Hysterisches Gedrängel. Auf mehreren großen, gutausgeleuchteten Postern ist der Schuh zu sehen, einmal ganz in schwarzem Leder, und einmal in schwarz-weißer Lederkombination. Dünne gutaussehende chinesische Männer, die keine Lust mehr haben, Comme des Garcons oder Paul Smith zu tragen, werfen nervöse, ängstliche Blicke auf das Poster mit den Schuhen. Wie lange hält das noch mit Gucci, fragen sie sich. Und: Kann ich die Schuhe vorher bekommen, bevor es zu spät ist, bevor Prada die Stilzone zwischen 1967 und 1972 besser interpretiert?

Sehr kluge Marketingstrategie. Ganz offensichtlich macht Gucci das absichtlich; erst die Hysterie schaffen, dann einfach nicht genügend Schuhe ausliefern.

Jeder hier auf der Straße hat natürlich vier Handys in den Taschen. Davon ist mindestens eines ständig in Betrieb. Der Elektrosmog auf der Straße ist unglaublich. Dazu kommt, das das Telefonieren innerhalb des Territoriums kostenfrei ist, damit jeder möglichst noch mehr telefonieren kann, zum Beispiel bei Gucci die Schnallenhalbschuhe vorbestellen.

Die jungen britischen Anlageberater, die in den großen Brokerhäusern arbeiten, die jungen britischen Journalisten, die sich auf zwanzig Quadratmeter mit ihren Partnern ein Büro und ein Bett teilen, sind *Gweilos*, weiße Gespenster, und sie haben nicht den Deut einer Chance, in die chinesische Gesellschaft aufgenommen zu werden.

Sie unterrichten den Chinesen zwar bis tief in die Nacht auf englisch, da sonst das Geld für die horrenden Mieten nicht reicht, aber sie gehen nicht mit Chinesen essen, sie gehen in keine chinesischen Clubs, sie kennen gar keine Chinesen, und deswegen werden sie auch hinausgedrängt aus dem neuen Hong Kong, in Wirklichkeit wie in der Abbildung: Ihr verblassendes Symbol, die Queen, verschwindet dieser Tage von allen Briefmarken, auf den Geldscheinen ist sie schon längst nicht mehr zu sehen. Im Gegensatz zu den jungen Chinesen sind sie auch erstaunlicherweise alle sehr, sehr schlecht angezogen.

Und die letzten paar tausend jungen Briten, die nicht das Glück haben, sich in den Brokerfirmen totarbeiten zu dürfen, sondern in Bars ausschenken müssen oder sich sonstwie an der Peripherie durchs Leben schlagen und sich deshalb mit der gespielten Gelassenheit der britischen Mittelschicht selbst FILTH nennen (Failed In London, Try Hong Kong), hechten nur noch als lustige Abziehbilder ihrer Selbst durch das nur achtzig Meter lange Amüsierviertel von Lan Kwai Fong, sturzbetrunken, am Rande von den Chinesen beobachtet, die ihnen irgendwann das Visum sperren werden, weil sie in den Espresso-Bars, in denen sie am Tag arbeiten, die Milch auf dem Macchiato für die vorbeihastenden chinesischen Geschäftsmänner nicht schaumig genug aufgeschlagen haben.

Wer sich nämlich nicht anstrengt, wird sofort hinausgeworfen. Hong Kong ist kein Platz für Menschen, die ausspannen möchten. Eine Künstler-Szene gibt es nicht. Kunst braucht Zeit und Raum und Faulheit, und diese Dinge hat Hong Kong nicht zu vergeben.

Der Kapitalismus hat wieder gesiegt, aber eben der superschlaue, superharte asiatische Kapitalismus, der ohne Gewerkschaften und Ladenschlußgesetzen, der sich nicht kümmert um die, die nichts leisten wollen. Das ist jetzt bald chinesisch hier, und das ist jetzt die Zukunft, fertig, aus.

Des Voeux Street, Central
12 Uhr mittags

Heute scheint die Sonne, und da Sonntag ist, haben alle Hausangestellten der Stadt frei. Es sind fast ohne Ausnahmen Frauen aus den Philippinen, und da sie sich sonst nirgendwo verabreden und treffen können, wird einfach jeden Sonntag der gesamte Innenstadtbereich von Central für den Verkehr gesperrt. Jetzt sitzen sie zu Tausenden auf den Straßen, wikkeln ihre Lunchpakete aus, rücken mit den auf dem Boden vorbeiziehenden Schatten der Hochhäuser mit und unterhalten sich. Sie zeigen sich gegenseitig Hochglanzmagazine, kreuzen an, was sie sich bald kaufen wollen und lachen und schnattern, und plötzlich merkt man, wie anarchistisch das Ganze ist und wie unchinesisch, und wie schön.

APRÈS NOUS LE DÉLUGE
Goa, 1998

Gerüchte sirren durch die tropische Luft. Das neueste ist die legendare Schnubbelparty mit Tom Cruise im *Nilaya Arpora Guesthouse*, dessen acht Zimmer man um die Weihnachtszeit für 9000 Dollar die Woche mieten kann. Die blau und beige bemalten Zimmer sind nach den Elementen benannt und mit goldenen Sonnen und Monden ausstaffiert.

»Ach geh, das *Nilaya*. Viel zuviel Beate-Wedekind-Kitsch«, sagen die lesbischen Mittvierzigerinnen aus München dazu. Sie kennen sich mit so etwas aus, wollen dort auf keinen Fall wohnen und mieten sich statt dessen jedes Jahr eine portugiesische Villa, mit weißgetünchter Veranda, Blick auf den indischen Ozean und sieben Angestellten.

Nicht weit von ihrem Haus rattern junge, gerade aus der Armee entlassene Israelis auf schweren indischen Enfield-Motorrädern durch Reisfelder, an lieblichen portugiesischen Kirchen vorbei, und ihre Dreadlocks flattern lustig im Fahrtwind.

Um ein Haar überfahren sie ein paar Techno-Kinder aus Glasgow, die nicht aufpassen, weil sie ständig Ecstasy nachwerfen, Gerüchten hinterherstolpernd, auf der Suche nach dem nächsten Rave, der nie stattfinden wird, oder nach der perfekten Piercing-Hütte, oder einfach auf der Suche nach einem goldbraun angebratenen Omelette.

Dann das Gerücht, wann und wo Charles Sobhraj wieder gesichtet worden ist, der Serienmörder, der in den siebziger und achtziger Jahren einfältige Hippies abgeschlachtet hat. Alles Unsinn, alles wahr, alle auf der Suche.

»Ich habe schon viele Drogen ausprobiert, aber nichts macht dich so breit« wie der Heilige Geist«, sagt ein junger Jesus-Freak. Er ist Mitglied einer losen, sich auf keinen Fall als Sekte begreifenden Vereinigung junger Leute, die sich tatsächlich so nennen: *Jesus-Freaks*. Das dogmatische des Christentums stoße sie ab, deswegen fahren sie durch die Welt, mit langen Rasta-Locken auf dem Kopf und, wenn man sie fragt, womit sie ihre Zeit herumbringen, so lachen sie und antworten: »Surfen für Jesus«.

Sie führen in Goa eine Rock-Oper über das Leben Christi auf, zu der sie herzlich einladen, drüben, in einer ebenfalls gemieteten Villa des Neuseeland-Chapters der *Jesus-Freaks*. Sie haben alle weiße Zähne, sehen unglaublich gesund aus, rauchen keine Zigaretten, ernähren sich vegetarisch, trinken keinen Alkohol und führen ein positives, sympathisches, Güte ausstrahlendes Leben.

Es ist ein anarchistisches Disneyland, dieses Goa, und diejenigen aus dem Westen, die in den späten sechziger Jahren zuerst hierherkamen, auf dem alten Hippie-Trail, über die Türkei, den Iran und Kabul, die sich, einer Zangenbewegung gleich, im Sommer nach Ibiza und im Winter nach Goa aufmachten, sie sind immer noch da. Ihre Haare und Bärte sind noch länger und ihr Bauchspeck noch etwas größer und hängender als damals, aber heute gehören ihnen dafür in Goa Tonstudios und Batikgalerien, Cybercafés und Vollkornbäckereien und sie blicken – Gnade der frühen Geburt – mit unverhohlenem Ekel auf ihre geistigen Enkel.

Die Beatniks, die Goa in den frühen sechziger Jahren entdeckten und für sich in Besitz nahmen, Allen Ginsberg und Peter Orlovsky, sind eigentlich an allem Schuld. Damals kamen sie nur tröpfchenweise, angezogen von dem Gerücht, es gäbe da am anderen Ende der Welt eine Enklave, in der jeder tun konnte, was er wollte. Von Tanger müde geworden –, auch Istanbul war nicht mehr das, was es einmal war – kamen sie, die Beatniks, und sie saßen splitterfasernackt am Strand von Goa und schossen sich Morphium in den Arm.

Den einheimischen Indern, die dergleichen noch nie gesehen hatten, erschien das Gebaren der Beatniks damals noch wie eine mögliche Ausdrucksform der abertausend Religionen Indiens, eine persönliche, neue, kleine Religion, die eben besagte, daß Menschen mit heller Haut aus dem Westen kommen würden, sich nackt an den Strand setzen und wahnsinnig viel Morphium und LSD in sich hineinpumpen, immer dünner werden würden und lauter krauses Zeug reden. Ginsberg notierte damals in seinen indischen Tagebüchern – und lachen Sie jetzt nicht – in Indien fühle er sich wie im Paris der zwanziger Jahre.

Doch dann, Ende der sechziger Jahre, kamen die Hippies, und es kamen immer mehr, und sie unterschieden sich von den Beatniks dadurch, daß sie sich gegenseitig eben nicht William Blake und Majakowsky vorlasen, wenn sie breit waren, sondern nur noch Hedonisten sein wollten.

Sie wollten nur noch nackt und langhaarig sein, frei und high. Sie wollten nur noch das Peace-Zeichen machen, eine der sinnentleertesten, affektiertesten Gesten dieses Jahrhunderts. Zum ersten Mal in der Geschichte der Menschheit war ein Drittwelt-Massentourismus entstanden.

Das Reisen war bis dahin immer eine teure Sache gewesen. Plötzlich aber kamen Tausende von stinkenden, ungewaschenen Menschen, die für die Reise von Athen nach Kabul nicht mehr als zehn Mark ausgegeben hatten und es bei Gott jetzt in Goa auch nicht tun würden. Man konnte doch schließlich am Strand schlafen, seine Notdurft verrichten, Reis essen wie die Einheimischen, ein paar Erdlöcher rauchen, und am Strand auch freie Liebe praktizieren.

Die christlichen Kinder der zur Hälfte katholischen Bevölkerung Goas liefen auf dem Nachhauseweg von der Schule zwangsläufig an den Nacktritualen dieser Hippies vorbei. Und weil es ja doch einen Unterschied gab zwischen dieser seltsamen neuen Religion und den wirklichen Heiligen, den Sadhus, die nur mit einem Stoffbeutelchen um den Penis gebunden seit Jahrhunderten bettelnd durch Indien streiften – nämlich die Askese, die Aufgabe alles Geschlechtlichen, die Lossagung vom Körper als Vehikel der Last, und die Hippies sich hingegen scharenweise aufeinander am Strand vergnügten, vor den Augen aller –, entrüsteten sich die Inder, und mit ihrer Auflehnung gab es wieder einen Angriffspunkt für die jegliche Moral in Frage stellenden Hippies, etwas, wofür man kämpfen konnte unter Palmen.

Goa wurde das erste virtuelle Paradies, ein pseudo-rechtsfreier Raum, eine gefälschte vorübergehende autonome Zone, deren Erschaffung der Islamo-Anarchist Hakim Bey als letzte ästhetische Handlung fordert.

Und da das Peace-Zeichen der Hippies irgendwann einmal nicht nur nichts mehr bedeutete, sondern sein Sinn sogar implodiert war, als legitimer Ausdruck nur noch als Parodie einer Parodie gelten konnte, mußte ein neues Zeichen her. Das Zauberwort in Goa ist heute »Schantih«, das Schlußwort aus T.S. Eliots »Das wüste Land«, ein altes Sanskrit-Wort für den »Frieden, der das Fassungsvermögen übersteigt«, und das Wort ist heute bei den Freaks hyperinflationär in Gebrauch.

»Schantih« wird dem Besucher heute links und rechts um die Ohren gehauen. »Schantih, Bruder«, heißt es, wenn das Enfield-Motorrad wieder nicht anspringt oder die Henna-Bemalung danebengegangen ist oder der Joint wieder zu lokker gedreht worden ist. Was nun genau Schantih sein soll, ist nicht einfach zu entschlüsseln. Aber es gilt: Alles, was nicht gepierct ist, ist nicht Schantih. Gebügelte Hemden, zum Beispiel, sind nicht Schantih. Chartertouristen auch nicht. Die Modefirma Stüssy ist Schantih, aber eben auch nur knapp. Besser sind da schon die Pluderbatikhosen, die in Malaysia oder in Südchina von Kindern in Sweatshops gefertigt werden und dann auf dem legendären Mittwochsflohmarkt verkauft werden.

Der Mittwochsflohmarkt in Anjuna Beach ist nämlich der Nexus Goas, das synechdechale Moment, das Goa im Goa. Dieses allwöchentlich garantiert stattfindende Happening ist der Ort, an dem man seinen Rausch zeigen kann, seine Verrücktheit, seine Anziehsachen, seine Gesinnung. Es ist der Ort, zu dem alle fahren, ohne Ausnahme.

Die leprösen, lachenden Bettler kommen dorthin, die indischen Models und die schwedischen Models, die bärtigen Althippies und die Tuchhändler aus Nepal und Kaschmir, die Bronzeverkäufer aus Tibet, die draufgeschickten Rave-Kinder und natürlich die aus der untersten Kaste: die beleibten Chartertouristen in den knapp sitzenden Freizeitblusen, den Camcorder mit angstvoll schweißnassen Händen im Anschlag, die den ganzen Irrsinn und die ganze Freak-Show für zu Hause dokumentieren.

Vielleicht ahnen auch sie ja ein bißchen, daß Goa das Gegen-Mallorca ist, die perfekte Option für diejenigen, die sich mit fünfunddreißig in den Wintermonaten keine Finca mieten wollen, sondern eine Villa am Meer, am anderen Ende der Welt. Und der oft gebrauchte Satz, es gäbe in Mallorca ja auch sehr schöne Ecken, trifft auf Goa ebenso zu: Das Elitäre ist nur ein paar Strände, eine Landzunge weiter weg. Nur trägt das Elitäre seltsame Ausdrucksformen.

Im Dschungel von Arambol, zum Beispiel, am berühmten heiligen Banyan-Baum, leben ein paar nackte Schweizer neben nackten Japanern im Wald. Sie haben ihre Reisepässe längst verbrannt oder drüben in Calangute verkauft, nachdem die Reiseschecks aufgebraucht waren und die goanesischen Filialen von American Express und Thomas Cook nicht noch mal auf die Geschichte mit den gestohlenen Schecks, die bitte dringend ersetzt werden müßten, hereingefallen sind. Und diese jungen Menschen, die dort nackt im Urwald wohnen, auf Bäumen schlafen und morgens, nachdem sie einen dünnen Lendengurt angelegt haben, den Fischern ein paar Fische abschwatzen, legen einen beispielhaften Elitarismus an den Tag.

Akzeptiert wird nur, was Schantih ist, abgegrenzt durch Fertigsein, durch Dauerdrogeneinnahme, durch wochenlang auf einem Trip hängenbleiben. Mal sehen, wer länger nichts essen kann. Armut, Heroinsucht und Betteln in der Dritten Welt als letzte Auflehnung, als Gipfel der Arroganz, als Frisson de Fin de siècle. Der Hippie-Dandy, der Penner-Dandy. Lange Fußnägel haben und stinken, das ist es doch, ja, als armseliges Gegenteil der als armselig empfundenen Anpassung, als letzte ästhetisch mögliche Handlung. Situationismus für jeden, 500 Mark Manchester-Goa direkt, mit *British Midland* und dann den Rückflug verfallen lassen. Ein Anarchie-Supermarkt, Pose und die Pastiche dieser Pose.

Jeder, der nach Goa kommt, ist eingeweiht, aber einige sind noch etwas eingeweihter als andere: »Hast du ein paar Rupees für mich, für was zu essen?« krächzt ein offensichtlich aus Hessen stammender, vielleicht zwanzig Jahre alter Halbnackter, der in Calangute über die Straße läuft. Egal, daß er wahrscheinlich irgendwo noch ein Rückflugticket liegen hat, das soviel kostet, wie die große Mehrheit aller Inder nicht in zwei Jahren verdient. Vielleicht hat er das Ticket ja auch verbrannt, oder eben verkauft, aber das ist nicht der Punkt. Wichtiger ist, daß er im Gegensatz zu 750 Millionen Indern die Entscheidung eben hat fällen können, seinen Paß oder sein Flugticket zu verbrennen.

Das ist eben Schantih. Oder, anders ausgedrückt. Drittwelttourismus der allerübelsten Art. Denn moralisch fragwürdig, das sind nicht die Chartertouristen in ihren ausgegrenzten Kluburlaubsghettos. Nein, diese bringen Arbeitsplätze nach Goa, lassen sich durch eine hermetisch vor ihnen abgeriegelte Welt mit Kleinstbussen chauffieren und fahren nach zwei Wochen auch wieder ab, ein paar Kunsthandwerksgegenstände im Gepäck. Verachtenswert, das sind diejenigen, die sich aus Hedonismus der Welt entsagen, diejenigen, die sich finanziell unter die Inder stellen, um Pfennigbeträge feilschen, sich nicht waschen und dann zwei Jahre bleiben.

Die Gesinnung ist daran festzumachen, wie verkommen man aussieht, daran zu erkennen, daß die Hippies am Strand weniger anhaben als die anderen Touristen. Ein lose um das Geschlecht gebundenes Stoffbeutelchen signalisiert: Ich wohne hier schon länger. Ein durch die braunen, etwas hängenden Arschbacken gezogenes Bändchen, wie man es auf der Copacabana in Rio öfter sehen und dort als nicht abstoßend empfinden würde, aber hier in Indien –, wo die Frauen im Sari baden gehen und die Männer in langen Unterhosen und Unterhemden zumindest als äußerst befremdlich empfinden muß, bedeutet: Schantih, Brüder und Schwestern, ich bin immer noch frei.

Daß die Hippies selbst längst zur Touristenattraktion, und zwar zur indischen, geworden sind, stört sie herzlich wenig. Ganze Busladungen zumeist junger Inder aus den Nachbarstaaten Maharashtra und Karnataka werden herangekarrt, und dann laufen sie den ganzen Tag grüppchenweise am Strand auf und ab und fotografieren mit Kleinbildkameras den westlichen Touristinnen in den sparsam bedeckten Schritt, während diese auf Batiktüchern schlafend im Sand liegen.

Am späten Nachmittag, wenn die Freaks ausgeschlafen haben, schleppen sich alle in die berühmt-berüchtigte *Shore Bar*, bauen riesige Joints, beobachten den Sonnenuntergang und die australischen Jongleure am Strand, und das Ganze geht von vorne los. Ein bißchen wie *Ballermann 6*, nur mit anderen Vorzeichen und in einem der ärmsten Länder der Welt.

Obwohl es keinen so recht schert, gibt es für den Besitz von vier Gramm Haschisch erstmal zehn Jahre Knast. Die indische Regierung hat Mitte der achtziger Jahre das Gesetz verschärft, als der Drogentourismus ernsthaft anfing, als es zum ersten Mal für ein paar hundert Pfund Charterflüge von England nach Goa gab. Als das Rinnsal der Freaks und der Rave-Touristen zur Lawine wurde.

Aber wer sich erwischen läßt, sagen die Kiffer und Tripeinwerfer, ist entweder ganz dumm oder ganz arm. Und wer die paar hundert Dollar bei der Verhaftung fällig werdende Bestechung nicht zahlen mag oder kann, landet im Gefängnis von Goa, ein Bauwerk wie aus dem Film »Papillon«. Direkt am

Meer gelegen, nach einer Dschungelstraße einige Wärter, dann eine Ruine, in die ein paar Gitterstäbe eingelassen sind, Flucht völlig unmöglich. Die Österreichische Botschaft, die Schweizerische und die Deutsche in der Hauptstadt Delhi haben alle ihre offenen Fälle in Goa sitzen, doch tun können sie für die Dummen wenig; ein bißchen Rechtsbeistand, ein bißchen Schokolade und Vitamintabletten, es ist die alte Geschichte Asiens.

Die Geschichten in Goa sind abstrus genug: Ein finnisches Ehepaar lebt dort, im Sommer fliegen sie für ein paar Tage mit ihren drei kleinen Kindern zurück nach Helsinki, holen sich auf den Ämtern das fällige Kindergeld ab, um mit diesen paar hundert Mark im Monat ein weiteres Jahr in Goa leben zu können. Über Wasser halten können sie sich damit schon, die weiteren Kosten werden dadurch gedeckt, daß sie in Helsinki LSD-Trips auf der Rolle kaufen, tausend bis zweitausend Stück, und die dann, mit kleinem Gewinn, in Goa wieder verkaufen. Die finnischen Kinder wachsen unter Palmen auf, in der Sonne, zwischen Kühen, kleinen Hunden und Eidechsen und sprechen inzwischen ein merkwürdiges Kauderwelsch aus Finnisch, Hindi, Englisch und dem Konkani-Dialekt Goas.

Oder die beiden dicken Russen, Brüder, die auf einmal merken, wie anschmiegsam kleine indische Buben sein können. Ein Geldgeschenk hier, eine Swatch-Uhr da, die Polizei sieht weg, das übliche Klischee, Hybris, Abhängigkeit. Durch Goa kommen auch immer noch viele Europäer, die sich durch die Aschrams gequält haben, oben bei Maharischi in den Bergen oder unten bei Sai Baba in der Nähe von Bangalore, und sie haben nicht gefunden, was sie gesucht haben, und sie sind schon so lange unterwegs.

Inzwischen gibt es ja für die, die noch Hilfe brauchen, den »Cool Guide Goa«, einen deutschen Reiseführer, soeben erschienen – wo sonst – im Konstanzer Regenbogen-Verlag. Hinten auf dem Buch wirbt der Herausgeber mit folgenden Sätzen: *Zwei dutzend Strände für jede Laune, jeden Tag, jede Szene. Tanz unter Palmen. Goa Trance durch die Vollmondnacht. Geile Touren auf dem Enfield-Motorrad. Locker rein, sanft raus. Visa. Security. Smoke. Ups & Downs. Talking cool mit Freaks, Fans, Scouts, Trailfinders.*

Und während noch ernsthaft überlegt wird, wie man »talking cool mit Trailfinders« anstellen soll, und wer überhaupt mit Trailfinders gemeint sein soll, Trailfinders, das sind doch – Moment mal – Pfadfinder, während das Buch in den Händen hin- und hergedreht wird, und Goa hin- und hervermarktet wird, und die Pfade immer ausgelatschter erscheinen, und die Gerüchte und Geschichten immer absurder werden, ist es schon April, und es regnet das erste Mal in Goa.

Und dann, Ende April, ist der Spuk vorbei. Sturmwolken schieben sich über das Land. Der Monsun kommt, und die Freaks verschwinden, nach Norden, in den Himalaya oder nach Deutschland, England, Dänemark, Japan, fort in die Länder, in denen es nur im Sommer erträglich ist, und als sie alle weg sind, kehrt endlich Ruhe wieder ein.

Die vielen, für wenig Geld monatelang gemieteten Häuser stehen jetzt leer. Der Dauerregen bringt Fäulnis, ein paar Dachziegel lösen sich, und es scheint, als ob die durch den Regen schneller wachsende Vegetation absichtlich überwuchern will, was endlich wieder versteckt werden soll. Eine kristalline, vegetative, nie gekannte Ruhe tritt ein. Goa, das wirkliche Goa, so sagen die Inder, ist nur während des Monsums zu finden. Schantih.

Ich weiß, was Sie denken, lieber Leser, oh ja. Der Herr Kracht erfindet alles in seinen Asien-Geschichten. Er schmückt zuviel aus. Er versucht, die Welt angenehmer zu beschreiben, als sie ist. Das Leben in Bangkok kann doch nicht nur ein endloses Teetrinken auf der Terrasse des *Oriental Hotel* sein. Es kann doch nicht sein, denken Sie, daß bei Herrn Kracht zu Hause alle naselang sonderbare Schriftsteller auftauchen und dubiose kroatische Botschafter und daß die den ganzen Tag nichts anderes machen, als sich über Prada-Sandaletten unterhalten, Yma Sumac hören und sich gegenseitig aus T. S. Eliots Gedichten vorlesen. Wo bleibt denn da das Weltliche, der Schmutz, der Alltag, die Normalität? Wo bleiben die banalen Beamten und die noch banaleren Sex-Touristen, wo bleibt die Armut und die Verzweiflung?

Deshalb, lieber Leser, möchte ich Ihnen heute einmal von einer der sonderbaren Schattenseiten der Stadt berichten. Und zwar von meinen Erlebnissen auf der deutschen Botschaft. Das Ganze kam so: Der Paß meiner Begleiterin war abgelaufen, und sie hatte einen neuen beantragt. Und da sich meine Begleiterin unmöglich mit solchen Dingen belasten kann, bot ich ihr an, den neuen Reisepaß für sie abzuholen. Pünktlich um acht Uhr dreißig stand ich also im Innenhof der deutschen Botschaft, ordentlich gescheitelt, den Abholzettel in der Hand.

Man mußte eine Nummer ziehen, also zog ich eine und wartete. Ich setzte mich auf einen Stuhl, biß in das Croissant, das meine Begleiterin mir mitgegeben hatte, und beobachtete den Innenhof. Die Sonne schien, und ein paar Spatzen balgten sich um die Croissantkrümel unter meinem Stuhl.

Der gesamte Innenhof war überlaufen mit deutschen Männern. Sie saßen auf Bänken, sie standen an die Wände der Botschaft gelehnt und schwitzten stark, obwohl es ja noch früh war und noch gar nicht so heiß. Sie trugen knapp sitzende Shorts und Muskel-T-Shirts, und viele hatten einen Schnauzbart unter der Nase. Es waren sicher an die Dreihundert. Ich sah mir die deutschen Männer eine Weile an, und erst jetzt erkannte ich, daß alle eine Frau dabei hatten, eine thailändische Frau. Manche der Frauen hielten die Hände der Deutschen, einige standen abseits und sahen nervös zu Boden, wieder andere kauten Fingernägel.

Woher kam diese Faszination zierlicher, ansehnlicher thailändischer Frauen mit aufgedunsenen, ganz offensichtlich ungewaschenen Deutschen? Ganz einfach: Die Frauen warteten auf Visas. Die Männer hatten den Ladies die Hochzeit versprochen, und nun warteten sie darauf, nach Deutschland reisen zu dürfen, in das kalte Land ihrer neuen Männer. Das alles stimmte mich etwas nachdenklich, und ich aß mein Croissant auf.

Neben mir füllte ein Mann einen Zettel aus und ich schielte ihm dabei über die Schulter. Er war anscheinend der einzige Deutsche hier im Innenhof der Botschaft, der keine thailändische Frau dabei hatte. Vielmehr war er in Begleitung einer deutschen Frau. Sie dirigierte und befahl ihm dieses, bald mal jenes zu schreiben, und ich lehnte mich weiter herüber und blickte auf den Namen, den er in die dafür vorgesehene Sparte eintrug. Er schrieb »Ehepaar Eehnbohm«.

Herr Eehnbohm war vielleicht sechzig Jahre alt. Er zog pausenlos an einer Zigarette beim Schreiben, und er hatte sich sein Haar vom linken Ohr weg nach oben über die Glatze gekämmt. In der Brusttasche seines kurzärmeligen Oberhemdes steckten ein paar Kugelschreiber.

Ich weiß nicht weshalb, aber ich mochte Herrn Eehnbohm. Er wirkte auf eine wunderbare Art ehrlich. Ich sah genauer hin. Oben auf seinem Zettel war ein Bundesadler abgebildet, und darunter stand »Hilfegesuch an die deutsche Botschaft Bangkok«.

Ich weiß, so etwas gehört sich nicht, aber jetzt mußte ich erst recht hinsehen. Ein Schweißtropfen rollte Herrn Eehnbohms Nase hinunter und fiel auf das Papier. Frau Eehnbohm brummelte und befahl irgend etwas. Herr Eehnbohm nickte, legte sich die nun herunterhängende Haarsträhne wieder oben über die Glatze und schrieb folgendes auf den Zettel: »Meine Frau und ich haben mit LTU einen Flug nach Bangkok gebucht. Am Bankautomaten in Bangkok kann ich nicht mit der EC-Karte Geld ziehen. Dies entzog sich meiner Kenntnis. Mein Limit bei der Mastercard ist auch überschritten. Nun haben wir kein Geld mehr, unser Flugzeug (LTU) geht aber erst in zwei Wochen zurück nach Deutschland. Wir bitten um Hilfe.«

Ich lehnte mich zurück. Donnerwetter. Auf einmal hatte ich großen Respekt vor der Arbeit der deutschen Botschaft. So etwas geht? Wie grandios, wie demokratisch, wie freundlich, wie undeutsch. Ich bekam plötzlich ausgezeichnete Laune, lehnte mich zu den Eehnbohms herüber und sagte: »Verzeihen Sie bitte, daß ich mich einmische, aber ich habe unerlaubt Ihren Zettel gelesen. Darf ich Ihnen einen Rat geben? Sie können sich durch die Firma Western Union von zu Hause aus Geld avisieren lassen. Das geht in den meisten Fällen minutenschnell.«

Herr und Frau Eehnbohm drehten sich zu mir um. Hätte ich nur meinen Mund gehalten. Der Blick, den die beiden mir zuwarfen, hätte nicht finsterer sein können, wenn ich gerade gesagt hätte, ich würde an feuchter Lepra leiden. Frau Eehnbohm klaubte die Zettel zusammen, nahm ihren Mann am Arm, die beiden standen auf und überquerten den Innenhof der Botschaft, ohne mich eines weiteren Blickes zu würdigen.

Nach einer ganzen Weile erschien meine Nummer auf der kleinen Digitalanzeige an der Wand, ich ging zum Schalter und holte den neuen Reisepaß meiner Begleiterin ab. Ich drückte mich gegen die Wand beim Gehen und sah auf den Fußboden; die ganze Angelegenheit war mir furchtbar unangenehm.

Zu Hause war gerade der stets makellos angezogene Filmproduzent Olrik Kleiner zu Besuch. Er hatte sich soeben in unserem Pool böse das Steißbein verstaucht, und meine Begleiterin war dabei, ihm den Rumpf mit Gazestreifen zu umwickeln und in den geöffneten Kühlschrank zu halten. Beide löffelten ein Mango-Sorbet, und als ich in die Küche kam, schlug meine Begleiterin vor, sofort zum *Oriental Hotel* zu fahren, um dort in der Bar ein paar Nachmittags-Drinks zu nehmen.

Ha, sagen Sie jetzt, lieber Leser. Hab ich ihn! Schon wieder das *Oriental Hotel*! Einen Moment Geduld, bitte. Die Geschichte geht nämlich noch weiter: In der Bar des *Oriental* tranken wir jeder einen Singapore Sling, Olrik Kleiners Steißbein pochte durch den Verband, und ich drehte mich aus irgendeinem Grund plötzlich um und sah das Ehepaar Eehnbohm, das äußerst gut gelaunt, man möchte fast sagen aufgeräumt durch die Lobby schritt. Sie holten sich an der Rezeption ihren Schlüssel ab und betraten den Fahrstuhl.

Ich sprang auf, lief auf den Portier zu und drückte ihm diskret zwanzig Dollar in die Hand. Ich sei Journalist der angesehenen Zeitung *Welt am Sonntag*, erklärte ich, und war das ältere Ehepaar eben nicht …

Sicher, meinte der Portier, mit einem feinen Lächeln. Sicher, das waren Mr. und Mrs. Eehnbohm. Sie wohnen nun seit ein paar Wochen bei uns, sagte er, in der *Joseph Conrad-Suite*. Gerade hätten sie ihren Aufenthalt hier im *Oriental* um zwei Wochen verlängert. Mr. und Mrs. Eehnbohm seien in Deutschland wohl sehr berühmt, sagte der Portier, tippte sich mit dem Zeigefinger an den Nasenflügel und zwinkerte mir zu. Ich konnte gar nichts mehr sagen, ich schloß die Augen. Manchmal glaube ich, alle sind komplett wahnsinnig.

DISNEYLAND MIT PRÜGELSTRAFE
Singapur, 1999

Singapur ist die schrecklichste Stadt, die ich kenne. Na ja, das stimmt nicht ganz. Mogadischu ist schlimmer. Kabul natürlich auch. Aber in diesen beiden Städten herrscht Anarchie und für westliche Beobachter nicht mehr nachvollziehbarer Irrsinn, für allerkleinste Vergehen etwa wird man in Kabul gesteinigt und in Mogadischu erschossen.

In Singapur dagegen herrscht eher das Gegenteil von Anarchie und Irrsinn: Die Straßen sind sauberer als in Zürich, es gibt gleich fünf Filialen der Modefirma Prada und Hunderte von Häagen-Dasz-Eiscafés, und jedes Jahr arbeitet die Regierung des Stadtstaates einen neuen »Seid nett zueinander«-Plan aus, der großflächig plakatiert wird.

Der diesjährige Plan, zum Beispiel, empfahl seinen Bürgern, ihren Mitmenschen stets die Lifttüren aufzuhalten, ihre Wäsche nicht über Gehwegen aufzuhängen, damit Passanten nicht von wassertropfenden Hemden beeinträchtigt würden, und natürlich das gerne und oft ausgesprochene, absolute Kaugummi-Verbot.

Es ist wirklich wahr – in Singapur werden Sie nirgendwo ein Kaugummi bekommen, weder am Zeitungskiosk noch im Supermarkt. Ein Päckchen Kaugummi in der Hosentasche zu tragen, ist bereits eine subversive Tat, das Anbringen von Sprühgraffitis an Hauswände hingegen wird mit derselben drakonischen Härte bestraft wie etwa das unerlaubte Fernsehen in Afghanistan: Mit Prügelstrafe.

Im Jahr 1994 wurde der amerikanische Teenager Michael

Fay, der in Singapur mit Sprühdosen hantiert und ein Verkehrsschild abgeschraubt hatte, zu zwanzig Schlägen auf den Hintern mit dem *Rotan* verurteilt. Der *Rotan* ist eine Art geflochtenes Holz, das tiefe Narben auf der Haut hinterläßt. Die liberale, westliche Weltpresse erregte sich flugs, und schließlich wurde Michael Fays Urteil auf nur vier Schläge mit diesem schlimmen Flechtholz herabgesetzt. Immerhin.

Man muß sich nur diesen jungen Mann vorstellen, auf eine Art Bock geschnallt, die Zähne mit der amerikanischen Zahnspange fest zusammengebissen. Und wie der picklige Bub schmerzverzerrt die *Rotan*-Schläge zählt: eins, zwei, drei, vier. Nun, er hätte sich, so die Argumentation der Stadtväter, eben benehmen müssen und nicht aus der Reihe tanzen dürfen. Daß in jedem Heranwachsenden ein kleiner Vandale steckt, der gerne mal nachsieht, wie weit er gehen kann, interessiert die Regierung nicht die Bohne. In der Tat: Ordnung, Sauberkeit, Disziplin sind die deprimierenden Grundpfeiler dieser Gesellschaft.

Und daß eine rigide Politik und eine konservative Moral immer auch eine reaktionäre Ästhetik gebiert, davon kann sich der flanierende Besucher auf der Hauptstraße Singapurs – der Orchard Road – überzeugen: Die Stadt scheint tagsüber ausschließlich von Frauen bevölkert, die Twinsets, Perlenketten, karierte Faltenröcke und diese schlimmen Todd's-Schuhe tragen und deren einziger Lebensinhalt es zu sein scheint, Unmengen von Anziehsachen einzukaufen und schlechte Laune zu haben.

Ihre Männer arbeiten tagsüber bei *Deutsche Bank / Morgan Grenfell* und *Crédit Suisse / First Boston* und vermehren das Geld des Inselstaates, dessen einzige Chance nach dem Verlassen der Malayischen Union im Jahre 1965 natürlich die Errichtung einer einhundertprozentigen Dienstleistungswirtschaft war. Im Gegensatz zu Malaysia hatte Singapur keine Exportgüter und keinerlei Agrarflächen.

Aus der Not wurde eine Tugend, und Premierminister Lee Kuan Yew liberalisierte die Wirtschaft und verbot die freie Meinungsäußerung. Dies führte dazu, daß der Kleinstaat blitzschnell zu einem der reichsten Länder der Welt wurde, leider aber auch zu einem der langweiligsten.

An dieser Stelle, lieber Leser, möchte ich mir einmal selbst auf die Schulter klopfen. Prima recherchiert bisher, sagen Sie. Danke schön. Das sage ich auch. Liegt jedoch die Abwesenheit persönlicher, oft an den Haaren herbeigezogener Eindrücke, die Sie sonst aus dieser Kolumne gewohnt sind, ganz einfach daran, daß ich in Singapur überhaupt nichts erlebt habe. Genausogut hätte ich tagelang in einer Einkaufspassage in Göttingen herumlungern können. Aber lieber Herr Kracht, rufen Sie, ich will mehr Subjektivität, ich muß mir doch auch etwas vorstellen können. Einen Singapur-Reiseführer kann ich auch alleine lesen, da brauche ich doch nicht den Herrn Kracht dafür. Gut, ich will es versuchen:

Läuft man die Straßen hinunter, fällt einem auf, daß die Einwohner Singapurs alle etwas androidenartiges haben, daß sie eine Blutleere und Emotionslosigkeit ausstrahlen, die sofort an Hollywoodfilme aus den fünfziger Jahren erinnert, in denen die Einwohner amerikanischer Kleinstädte von den Aliens das Gehirn herausgesaugt bekommen haben, es aber natürlich keiner merkt, weil *alle* ja schon verändert worden sind.

Abends rief ich zu Hause in Bangkok an. Meine charmante, hochintelligente Begleiterin, die sonst immer gerne mitkommt, wenn ich für die *Welt am Sonntag* unterwegs bin, hatte diesmal partout zu Hause bleiben wollen.

»Zu den Faschisten«, hatte sie gesagt, »nein, mein Lieber, da fahren Sie mal ruhig alleine hin.« Als ich also von den Faschisten aus anrief, erzählte sie mir, daß sie an einem Straßenstand in Bangkok gerade einen ausgezeichneten *Som Tam* – einen scharf gewürzten Papaya-Salat mit luftgetrockneten Krabben – gegessen habe, und dann fragte sie mich, wie denn das Essen dort unten in Singapur sei, und mir fiel plötzlich auf, daß man im Gegensatz zu sämtlichen anderen Metropolen Asiens in Singapur nicht an Straßenständen oder Garküchen essen kann, wenn man Hunger hat – es gibt nämlich keine.

Essen muß man in sauberen Einkaufszentren oder am peinlichen Boat Quay, einer sorgsam wiederaufgebauten, auf alt gemachten Hafenzeile, die an San Franciscos Fisherman's Wharf erinnern soll, die aber in Wirklichkeit soviel Raffinesse, Authenzität und Spaß ausstrahlt wie das kreuzlangweilige Einkaufszentrum am Potsdamer Platz zu Berlin.

Klar, in China gibt es öffentliche Massenhinrichtungen mit Genickschuß, und anderswo ist es noch viel schlimmer. Was Singapur aber so besonders perfide macht, ist, daß es dort überall so aussieht wie in Frankfurt, oder in Disneyland. Genauso modern-bieder, öde und genau denselben klinischen, vorher exakt abgezirkelten Spaß verheißend.

Aber nun, lieber Leser, müssen Sie sich einmal vorstellen, in Frankfurt-Bornheim gäbe es eine gesetzlich verordnete Prügelstrafe, wenn Sie zum Beispiel in einer Schankwirtschaft mutwillig einen Bembel zerstört hätten. Würden Sie so eine Stadt besuchen wollen?

Oder wenn Sie sich bei einem Disneyland-Besuch Tickets für eine Revue mit Goofy kaufen, sich dann aber heimlich in die etwas teurere Schneewittchen-Geisterbahn setzen, und dafür würden Sie dann auf einen Bock geschnallt werden, und ein schwitzender Mann in einem Donald-Duck-Kostüm würde Sie mit einem asiatischen Flechtholz vermöbeln. Würde Ihnen das gefallen? Sicher nicht.

Ach, Singapur. Schnell weg. Mein Flug zurück nach Bangkok ging um 17 Uhr. Ich fuhr mit einem Taxi sieben Stunden vorher zum Flughafen und setzte mich dort in ein Restaurant. Ich aß für eine Unsumme Geld sechs heute morgen aus Chile eingeflogene Austern und trank ein Glas chilenischen Weißwein. Ich schaute mich um.

Das Flughafeninterieur sah genauso aus wie ganz Singapur – überall liefen Twinset-Zombies umher. Der Fußboden war mit dunkelblauem Teppich ausgelegt, irgendwoher sprühte eine versteckte Maschine Orchideenduftextrakt in die Klimaanlage. Große Schilder mahnten, daß es bei Strafe verboten sei, die öffentlichen Toiletten nach Gebrauch nicht zu spülen. Ich fühlte mich beobachtet, aber gleichzeitig war es so schrecklich langweilig, daß ich mir zehn Postkarten kaufte, die ich an Freunde in Deutschland adressierte. Auf die Karten schrieb ich mit einem schwarzen Edding-Stift in großen Buchstaben »Singapur ist furchtbar. Puuh. Ekelig.«

Und in ganz kleinen Buchstaben schrieb ich, mit einem Kugelschreiber an den unteren Rand jeder Karte: »Der Erhalt dieser Ansichtskarte ist ein Beweis für die Demokratie.« Und dann schickte ich sie ab. Und wissen Sie was, lieber Leser? Bis zum heutigen Tag ist keine einzige angekommen. Quod erat demonstrandum, sage ich dazu und freue mich auf nächste Woche.

Zwei Wochen, nachdem dieser Text in der Welt am Sonntag erschie-
nen war, erhielt der Autor Einreiseverbot nach Singapur für fünf
Jahre. Der Welt am Sonntag wurden alle Anzeigen von Singapore
Airlines und dem Fremdenverkehrsamt Singapur storniert, auf
zwei Jahre.

ZU FRÜH, ZU FRÜH
Vietnam, 1992

An einem Tisch in der Ecke saß ein Franzose vor einem Bier und einer Schale Salznüsse. Es roch nach Haschisch. Er wiegte den Kopf hin und her. Jim Morrison sang *This is the end*. Der Franzose bewegte die Lippen zu der Musik und versuchte, so desolat auszusehen, wie Franzosen eben gerne mal aussehen, wenn die Doors *The End* spielen. Als das Lied ausklang, zündete er sich einen Thai-Stick an und schaute über die Schulter, um zu sehen, ob ihm jemand zugesehen hatte. Aus den Lautsprechern kam jetzt *Break on Through*. Der Franzose zog an seinem Thai-Stick und spielte auf einer imaginären Gitarre einen langen, verhaltenen Riff. Und dann scheuchte er mit der Hand einen Jungen weg, der ihm die Schuhe putzen wollte.

Der Junge spuckte neben dem Franzosen aus, warf sich die blauschwarzen Haare aus der Stirn und verschwand aus der Bar *Apocalypse Now* in Saigon. An der schwarzgestrichenen Wand hing ein Plakat des gleichnamigen Films, von Martin Sheen handsigniert. Der vietnamesische Barkeeper nahm die Doors-Kassette aus der Anlage, legte ein Stück von Neil Young auf, dann eines von den Animals und dann eines von den Troggs. Ich trank einen Schluck Cola, dann sprach ich den Franzosen an.

»Ja«, sagte er. »Sie haben recht. Vietnam existiert eigentlich nur im Kopf.« Er trug ein ordentlich gebügeltes Hemd. In seiner Brusttasche steckten drei Kugelschreiber. »Wenn Sie mit Ihrer klapprigen Tupolew in Saigon landen und der Flughafen so aussieht wie die Tim-und-Struppi-Flughäfen in sämtlichen

Bananenrepubliken dieser Welt, komplett mit finster drein-
schauenden Uniformierten, klapprigen Peugeots und Ford
Falcons von 1962, dann hat das so seine Richtigkeit. Genauso
hat man sich Vietnam vorgestellt.«

Er war ganz nett, dieser Franzose. Das war er wirklich. Er
hatte ein schmales, unrasiertes Gesicht und seine Augenbrauen waren sehr buschig. Er trank ein Bier, und da die Bar
zur Straße hin offen war, hatte sich ein Schweißfleck vorne auf
seinem Oberhemd gebildet.

»Aus dem Flugzeugfenster können Sie Reisbauern sehen
und Bombenkrater in den Reisfeldern. Und wenn Ihnen das
noch nicht reicht als Nervenkitzel, dann können Sie auf amerikanischen Panzern herumklettern, die der siegreiche Vietcong überall in die Landschaft gestellt hat, oder Sie können
sich GI-Feuerzeuge kaufen, richtige Zippos von damals, mit
markanten Sprüchen drauf, so wie man sie aus Vietnam-Fil-
men kennt.«

Er hatte sich in Fahrt geredet, wie jemand, der schon seit
Ewigkeiten Haschisch raucht und davon nicht mehr müde
wird, sondern aufgekratzt. Der Barkeeper legte wieder die
Doors auf.

»Ah, Djeem Maurison. Seltsam nicht, daß ein Land sich
über Filme und Rockmusik erfindet?« Ich bat ihn, zu erklären,
was er meinte. Er stellte mir eine Gegenfrage: »Wieviele
Filme über Vietnam haben Sie gesehen?«

Ich dachte einen Moment nach. »Nicht viele«, antwortete
ich. »*Apocalypse Now* natürlich, *Platoon*, *Der Liebhaber*. Das
war's schon, glaube ich.«

»Sehen Sie«, sagte er. »Es gibt viel mehr. *Indochine*, zum Beispiel, mit Cathérine Deneuve. *Hamburger Hill*, *Full Metal
Jacket*, *The Deer Hunter*, *Rambo*, *Hanoi Hilton*, *Dien Bien Phu*,

Good Morning Vietnam, und so weiter. Und alle Filme haben es darauf abgesehen, das wirkliche Vietnam aus dem Kopf zu verdrängen.«

Er hatte natürlich recht. In Vietnam ist es, laut Vietnamfilm, immer heiß, immer feucht, und irgendwo schwirrt immer ein Ventilator an der Decke. Im Film laufen wunderschöne vietnamesische Mädchen barfuß durch irgendwelche Reisfelder, unergründlich lächelnd, und alle haben Handgranaten unter ihren Kleidern.

Der Franzose lehnte sich zu mir herüber. Sein Atem war warm und roch leicht malzig. »Tun Sie sich einen Gefallen«, sagte er. »Vergessen Sie die Filme. Sehen Sie sich das wirkliche Vietnam an.«

Und das tat ich dann auch.

Ingo, ein Rucksacktourist aus Stuttgart, der auch im *Apocalypse Now* herumhing, lobte das vietnamesische Bier, lächelte die Nutten an, die in ihren Lederminiröcken an ihm vorbeischwirrten, und erzählte von Laos und Kambodscha, wo er gerade herkam, und von Burma, das eigentlich am geilsten war, weil es dort noch nicht so viele Rucksacktouristen gab.

»Vietnam ist doch Spitze«, sagte er. »Du mußt nur die Mentalität der Leute hier akzeptieren, dann geht das schon klar«: Er sagte »Mendalidäd« und »Leude« und »scho«, und während er sprach, bohrte er sich mit dem kleinen Finger im Ohr und roch dann daran.

»Wenn du es geschickt anstellst, kannst du hier für wenig Geld leben, für sehr wenig Geld. Das Essen ist hier superlecker! Ich schwör dir: Wenn du zurückfährst nach Europa, dann kannst du nicht mehr beim Chinesen essen gehen. Das schmeckt dir dann gar nicht mehr. Wegen dem Glutamat, das sie dort hineinpacken.«

Er sagte »Gludamaad« und »neipacke«, aber er sprach ganz passabel vietnamesisch, wie es schien. Ich fragte ihn, wo er das gelernt habe. Er holte aus der Gesäßtasche seiner Jeans ein schmales Bändchen und zeigte es mir. Es war ein Lexikon aus der *Kauderwelsch* -Reihe, geschrieben, so war im Vorwort zu lesen, für »Menschen, die eine fremde Kultur wirklich begreifen wollen«. Während ich darin blätterte, legte der vietnamesische Barkeeper eine Kassette von Lou Reed auf, grinste und schnippte zu »Walk on the wild Side« mit den Fingern. Ich gab Ingo das Büchlein zurück, zog einen kleinen Schuhputzerjungen am Ärmel und fragte ihn, ob er wüßte, was *Apocalypse Now* sei.

»Klar«, meinte er. Er sprach ausgezeichnet Englisch und trug nagelneue Doc-Martens-Stiefel. »Klar. Apocalypse Now sind eine deutsche Rockband. Wie die Scorpions.«

Ein paar Kilometer außerhalb der Hafenstadt Haiphong warteten mein Fahrer und ich auf eine Fähre. Wir saßen vorne nebeneinander in seinem schwarzen Wolga. Er hatte vorhin an einer Tankstelle, die eigentlich nur ein Schild am Straßenrand war, auf dem »Xang« stand und vor dem ein paar Flaschen schmuddeliges Benzin standen, einen Schnaps getrunken. Nun erzählte er, wie wiederwärtig er die Franzosen finde, mit ihrem blöden Pâté und den Baguettes, die es an jeder Straßenecke gäbe. Franzosen fahre er grundsätzlich nie, auch wenn sie ihm sehr viel Geld böten. Wir teilten uns Zigaretten und sahen aus dem Wagen über den Fluß. Es wurde Abend, die Sonne versank hinter einem Hügel, und es wurde schlagartig dunkel.

»Die Amerikaner, die mag ich«, sagte er. Wir unterhielten uns auf französisch. »Die haben viel Geld und benehmen sich anständig. Und sie sind ordentlich angezogen. Das sind nicht solche Langhaarigen wie die Franzosen.«

Ich fragte ihn, ob er schon mal in Saigon gewesen sei, tausend Kilometer weiter im Süden. »Schon oft«, sagte er und zog an seiner Zigarette. Die Glut erhellte sein Gesicht und das Armaturenbrett des Wolgas. Er trug, wie ich erst jetzt sah, ein Alf-T-Shirt. »Neulich habe ich einen Dänen nach Saigon gefahren, er hatte irgend etwas mit Bier zu tun und mochte nicht fliegen. Davor ein paar Schweizer Ärzte und einen Amerikaner, der sich ansehen wollte, wo seine Einheit vom Vietcong aufgerieben worden ist.« Er lächelte, die Zigarette zwischen den Zähnen, und hielt ein imaginäres Maschinengewehr hoch. »Ratatatat«, machte er, und dann zerdrückte er die Zigarette im Aschenbecher und zündete sich eine neue an.

»Am liebsten rauche ich Marlboro und 555. Sie werden mir aus Singapur gebracht«, zwinkerte er mir zu, und sein dickes Gesicht hatte auf einmal etwas sonderbar Rührendes. Er meinte ganz offensichtlich geschmuggelte Zigaretten, ich wollte mehr wissen, aber er wich meinen Fragen aus und begann, sich mit einem Streichholz den Dreck unter den Fingernägeln wegzuschaben.

»Vietnam ist ein sehr schönes Land«, sagte er. »Aber Vietnam ist auch ein sehr armes Land. Jeder muß sich selbst helfen.« Dies erklärte wenigstens, woher er das Geld für einen großen Wolga hatte, der ja eigentlich ein Parteiwagen war. Obwohl es im Auto inzwischen völlig verqualmt war, weigerte er sich, die Klimaanlage auszuschalten und das Fenster herunterzudrehen. »Die kalte Luft ist sehr gut für Touristen«, sagte er.

Ich stieg aus, um Luft zu schnappen und mir ein bißchen die Beine zu vertreten. Auf der anderen Seite der Straße, etwas weiter hinten, an einer Böschung, stand eine Lehmhütte. Sie war einfach gebaut, auf Stelzen, wegen der Überschwemmungen hier in der Gegend. Ein seltsames, fiependes Geräusch drang aus der Hütte. Ich ging hin, klopfte vorsichtig an und konnte erst nichts erkennen, da es jetzt völlig dunkel war. Drinnen brannte eine Kerze, und ich sah, wie ein alter Mann sich sehr intensiv auf etwas zwischen seinen Fingern konzentrierte. Er ruckelte mit dem dürren Oberkörper hin und her, und ich dachte, daß er vielleicht betet und wollte nicht länger stören, als ich plötzlich erkannte, was der alte Mann da in der Lehmhütte machte. Er spielte mit einem Nintendo-Game-Boy. Ich ging zurück zum Wagen. Da kam auch schon die Fähre.

Auf Anraten des Innenministeriums besuchte ich in Hanoi eine Bierfabrik. Hanoi ist die Hauptstadt Vietnams, steht aber unter großem Druck, kulturell und wirtschaftlich mit Saigon, der heimlichen Hauptstadt, mitzuhalten. In Hanoi scheint nichts zu funktionieren, die Menschen sind zumeist unfreundlich und rüde, was offensichtlich an der Nähe zu China liegt, und sie tragen alle Tarnanzüge. Außerdem regnet es die meiste Zeit.

Die Bierfabrik lag etwas außerhalb der Stadt. Ich ging davon aus, daß man mir einen Musterbetrieb zeigen würde, mit lächelnden Arbeitern und wohlschmeckendem, schäumendem Bier. Als ich vor dem Tor stand, wollte man mich nicht hineinlassen. Es regnete in Strömen. Nach einer Stunde und mehreren Telefonaten hatte die Frau vom Innenministerium, die extra mitgekommen war, die Wärter am Tor davon überzeugt, daß wir keine Bierspione waren und wirklich nur die Fabrik sehen wollten.

Wir wurden auf das Gelände geführt, an der Skulptur einer riesigen Bierdose vorbei, die auf einem Bronzesockel stand. Auf dem Sockel war ein roter Stern abgebildet. Das Fabrikgelände war sonderbar leer. Man brachte uns ins Hauptgebäude, in ein kleines Zimmer mit einem Konferenztisch. Überall hingen elektrische Kabel aus den Wänden. Es war feucht und kalt. In der Ecke waren mehrere hundert Bierdosen um ein Portrait von Ho Chi Minh drapiert. Jemand brachte kalten grünen Tee.

Dann kam ein Mann herein, vielleicht sechzig Jahre alt, offensichtlich der Leiter der Fabrik. Er trug einen beige-grauen Anzug und eine rote Krawatte. Er lächelte, verbeugte sich und setzte sich an den Konferenztisch. Dann packte er aus einer Kunstledermappe ungefähr zwanzig farbige Prospekte aus, faltete sie und schob sie zu mir hin, über den Tisch. Ich nahm einen Prospekt, faltete ihn auseinander, nahm dann noch einen und noch einen. Ich sah sie mir an. Sie waren alle gleich; giftgrün und orangefarben, mit Fotos von gutgekleideten Vietnamesen, die in Diskotheken Bier tranken. Der Leiter rieb sich die Hände und lächelte. Dann sagte er etwas, und die freundliche Frau vom Innenministerium übersetzte.

»Der Genosse Leiter sagt, die Fabrik sei heute leider geschlossen. Sehen Sie, es gibt keinen Strom.« Der ältere Herr lächelte und nickte. Dann begann er zu husten.

Ich trank einen Schluck Tee, der inzwischen noch kälter geworden war, und fragte, ob denn gar niemand hier sei, den ich fotografieren könnte. Es sei doch für ein deutsches Magazin, und die Deutschen liebten doch auch das Bier, sie hätten es ja quasi erfunden. Der Leiter nickte und schob noch ein paar Prospekte über den Tisch.

»Die Arbeiter sind alle nach Hause gegangen. Sie können die Maschinen fotografieren, wenn Sie wollen«, übersetzte die Frau aus dem Innenministerium. Es war ihr alles, so war zu sehen, furchtbar unangenehm.

»Es sind also gar keine Arbeiter da?« fragte ich. »Kein einziger?« Das Gesicht des Leiters erhellte sich plötzlich, als fiele ihm etwas ein, und er nickte energisch. »Doch, doch«, sagte er. »Eine Brigade ist noch da. Die achte.«

»Fein. Dann kann ich sie ja auch fotografieren.«

»Nein, das geht nicht. Die achte Brigade arbeitet gerade am Hut.«

Ich dachte, ich hätte mich verhört. »Wie meinen Sie? Am Hut?« Ich bildete mit meinen Händen einen Hut auf meinem Kopf. Der Leiter nickte und schien sehr erfreut.

»Ja, ja, am Hut!« sagte er.

Die Frau vom Innenministerium schien ebenfalls erleichtert. Wir tranken unseren Tee aus, nickten uns zu, blätterten noch eine Weile in den Prospekten, verabschiedeten uns und verließen dann das Gelände.

Später, am Abend, sah ich zufälligerweise den Leiter der Brauerei in der Halle meines Hotels sitzen. Ich ging auf ihn zu und schüttelte ihm die Hand. Er sagte etwas von »Joint Venture«, »Tuborg« und »Meeting«, mehr verstand ich leider nicht. Ich verabschiedete mich und hatte stark den Eindruck, als freue er sich, mich endlich gehen zu sehen.

Etwas später sah ich ihn dann mit einem hochgewachsenen Dänen in der Lobby sitzen. Vor ihm lag ein Stapel mit giftgrünen und orangefarbenen Prospekten, die er lächelnd dem Dänen überreichte, einen nach dem anderen.

»One, two, three!« rief der Sänger der Hoa-Hoan-Kiem Band und gab mit dem Fuß den Takt an. Seine Band spielte heute abend auf der Bühne der besten Diskothek Hanois. Der Sänger und die Band trugen hüftlange, schwarzschimmernde Haare, rosafarbene Anzüge und schwarze Stiefeletten. Rotes und gelbes Licht füllten den Saal, es gab eine Disko-Leuchtkugel, eine Nebel- und eine Seifenblasenmaschine. Auf der Tanzfläche bewegten sich müde ein paar Vietnamesinnen. Sie schienen schüchtern, mochten die Musik aber offenbar gerne. Sie kicherten viel, und wenn ein Stück vorbei war, klatschten sie freudig in die Hände. Die Musik klang seltsam vertraut, und plötzlich erkannte ich die Melodie: Die Hoa-Hoan-Kiem-Band spielte *You're my heart, you're my soul,* von Modern Talking. Überhaupt, so war jetzt zu hören, spielte die Band nur Modern-Talking-Coverversionen. Jetzt kam *Brother Louie.* Alle klatschten in die Hände. Es war wie auf einem besonders ausgelassenen Kindergeburtstag.

In der Ecke saßen drei Russen mürrisch an einem Tisch und tranken Dosenbier. Ich ging auf sie zu und fragte auf englisch, ob ich mich zu ihnen setzen dürfte. Sie hatten nichts dagegen.

»Gute Band«, sagte ich und deutete mit meiner Bierdose auf die Bühne.

»Das meinen Sie doch nicht ernst?« fragte einer der Russen und zündete sich eine Cartier-Zigarette an. An seinem Handgelenk hing ein schwerer Rolex-Bi-Metaller, dunkelblau und gold.

»Doch, doch. Die spielen Modern-Talking-Hits. Eine deutsche Band. Da fährt man ans Ende der Welt und hört die gleichen Sachen wie zu Hause auch.«

Die drei Russen sahen mich an. Man sah ihnen an, was sie

dachten: Gott, ein Schwätzer. Wir schwiegen eine Weile, dann fragte ich sie, ob sie als Touristen hier in Hanoi seien.

»Nein«, sagte einer, der dickste unter ihnen. »Nein, wir sind geschäftlich hier. Wir exportieren T-Shirts.«

»T-Shirts? Sie meinen, sie importieren T-Shirts nach Vietnam?«

»Nein«, sagte der Dicke. »Wir kaufen hier T-Shirts mit Alf-Motiven und verschiffen sie nach Russland, Containerweise. Alf ist in Russland sehr beliebt. Und Baseballkappen mit Alf drauf, die kaufen wir auch«. Dann schwieg er, und alle drei taten, als interessiere sie die Hoa-Hoan-Kiem-Band doch. Ich hielt es für klüger, mich zu verabschieden.

Ich ging zur Bar und trank noch ein Bier. Aus einem Nebenzimmer kam lautes Gelächter. Ich lief zu dem Zimmer und blieb im Türrahmen stehen. Drinnen saßen mehrere dicke Hong-Kong-Chinesen auf einer Kunstledercouch und quiekten vor Vergnügen. Auf ihren Knien saßen kleine Vietnamesinnen in Nietenlederjacken und sangen in ein Mikrophon, das an einen großen Fernseher angeschlossen war.

Auf dem Bildschirm erschien ein Mädchen, das durch eine Blumenwiese lief und ständig seine Sonnenbrille auf- und absetzte. Am unteren Rand der Blumenwiese erschien ein vietnamesischer Text, den die Mädchen mit den Mikrophonen mitsangen. Es klang eigentlich recht hübsch.

»Kommen Sie nur rein«, rief einer der Chinesen. »Kennen Sie Karaoke? Hier, ein Bier, nehmen Sie sich«. Ich bedankte mich, setzte mich auf ein freies Sofa und zog den Ring von der Bierdose ab. Karaoke also.

Der Chinese, der mich eingeladen hatte, fuhr mit seinen Wurstfingern einem Mädchen unter den Lederminirock. Das Mädchen war vielleicht fünfzehn und kreischte vor Vergnügen. Jetzt kreischten alle Mädchen. Die Chinesen quiekten und grunzten. Dann stellten sie das Karaoke-Video mit der Fernbedienung lauter. Alle hatten viel zuviel getrunken. Einer der Chinesen lehnte sich zu mir herüber, zwinkerte mir zu und legte seine Hand auf mein Knie.

»Sie suchen das Ausgefallene, nicht wahr?« fragte er, und seine Augen glänzten.

»Wie bitte?«

»Ja, Mann, Sie wissen schon. Das Ausgefallene, das Verbotene.«

»Wie meinen Sie das?«

»Kommen Sie mit auf die Toilette. Ich will Ihnen etwas zeigen, das Sie garantiert noch nie gesehen haben. Bangkok, Manila, Hong Kong, Saigon, noch nie, noch nie.«

Er gab der Vietnamesin auf seinen Knien einen Klaps, und wir standen beide auf. Ich wollte eigentlich nicht wirklich sehen, was er mir zeigen wollte, aber ich folgte ihm trotzdem auf die Herrentoilette. Über dem Waschbecken brannte eine nackte Neonröhre. Die Wand daneben war mit dubiosen Schlieren überzogen.

»Okay, mein Freund. Passen Sie genau auf«, sagte er, und dann knöpfte er seine Anzughose auf und ließ die Hose und die Unterhose auf seine Schuhe fallen. Zwischen seinen Beinen baumelte ein riesiger, dünner, schlaffer gelber Penis, bis zu seinen Knien. Ich machte einen Schritt rückwärts, zur Klotür. Der Chinese kicherte und wirkte plötzlich sonderbar unbeholfen.

»Haben Sie schon mal so ein Ding gesehen?« fragte er und kam einen Schritt näher. Er watschelte wie eine Ente, weil ihn die Hose um die Fußgelenke am Gehen hinderte. Ich riß die Tür auf und rannte die Treppen der Diskothek hinunter. Er rief mir nach: »Hey, sie nennen mich Hong Kong Long Dong!« Draußen auf der Straße hielt ich eine Fahrradrikscha an. Ich nannte dem Fahrer mein Hotel und die Straße. Wir fuhren los. Es fing wieder an zu regnen. Unterwegs bot mir der Fahrer seine Schwester und seine Mutter zur Heirat an.

Die Frau im Reisebüro schälte langsam und vorsichtig einen alten Apfel. Sie schnitt den Apfel in vier gleich große Teile, entfernte sorgfältig das Kerngehäuse und legte die Stücke auf einen hellblauen Porzellanteller. Dann schob sie mir den Teller hin.

»In Ihrem Land gibt es überall Äpfel. Hier in Vietnam sind Äpfel eine Delikatesse. Nehmen Sie bitte mein Geschenk an, als kleine Geste der Freundschaft zwischen Ihrem Land und meinem Land.«

Ich bedankte mich und aß ein Stück Apfel. Er schmeckte mehlig. Die Frau sah mich abwartend und lächelnd an.

»Gut?« fragte sie.

»Gut«, sagte ich.

Ich wollte eigentlich einen Flug nach Nha Trang buchen, einem malerischen Seebad an der Küste, nördlich von Saigon. Ich hatte eine Mülltüte voller Dong dabei, da in Vietnam niemand Kreditkarten akzeptierte. Immer wenn ich Geld wechselte, mußte ich an die etwas arroganten Worte einer amerikanischen Journalistin denken: »Vietnam wird erst als Land ernstgenommen werden, wenn die sich einen ordentlichen Namen für ihre Währung ausgedacht haben. Dong ist einfach zu lächerlich«.

Die Wände des Reisebüros waren holzgetäfelt. Über dem Schreibtisch hing ein handkoloriertes Portrait Ho Chi Minhs.

Die Frau, die mir den Apfel gegeben hatte, folgte meinem Blick auf das Bild.

»Das ist Bac Ho«, sagte sie und lächelte zufrieden. »Onkel Ho. Das vietnamesische Volk empfindet tiefe Liebe zu ihm. Er hat die Massen befreit.« Ich nickte und aß den Rest des Apfels auf. Inzwischen hatte sie mein Flugticket nach Nha Trang ausgestellt. Ich nahm es in Empfang und schob die Mülltüte voller Dong über den Schreibtisch. Es waren genau eine Million, zweihundertsechsundsiebzigtausend Dong, in tausend-Dong-Scheinen.

Das Bild Onkel Hos ist uns Vietnamesen sehr wichtig«, sagte sie zwanzig Minuten später, als sie mit dem Zählen fertig war. »Deshalb ist er auf allen Geldscheinen zu sehen. Niemand darf sich darüber lustig machen. Niemand darf einen Geldschein zerreißen. Auch darf man nicht auf einen Geldschein treten, wenn er auf der Straße liegt. Dafür käme man sehr schnell ins Gefängnis.« Ich überlegte, ob ich nicht aus Versehen irgendwann Onkel Ho zerrissen hatte.

Dann fragte die Frau ganz schnell hintereinander: »Wie alt sind Sie? Wieviel verdienen Sie? Finden Sie Vietnamesinnen attraktiv? Mögen Sie lieber Männer? Haben Sie Kinder? Wollen Sie Kinder? Sind Sie treu?« Ich kannte das schon. Asiaten finden nichts dabei, einen Ausländer nach Dingen zu fragen, die Europäer eher ungern erwähnen. Ich beantwortete ihre Fragen, so gut ich konnte, und sie lächelte freundlich und interessiert.

»Sie sehen so jung aus«, sagte sie. »Sie sollten sich einen Schnauzbart wachsen lassen. Dann würden Sie seriöser aussehen.«

Ich erklärte ihr, daß in Europa ein Schnauzbart eher das Gegenteil von Seriosität vermittelt, Gauner trugen einen Schnauz, oder Männer bei der Bundeswehr.

»Ja genau«, erwiderte sie. »Wie ein Soldat. Das ist doch gut. Das ist doch männlich. Sie könnten eine vietnamesische Frau heiraten, und die würde dann immer für sie kochen.« Ich zündete mir eine Zigarette an und versuchte, das Gespräch schnell auf die vietnamesische Küche zu lenken.

»Vietnamesische Frauen würden nie rauchen.« Sie überging meinen Themenwechsel sehr souverän. »Das machen nur die Mädchen von der Straße. Eine richtige Frau beeindruckt durch ihre Kochkunst und durch Aufopferung für ihrem Ehemann.«

Gut, sie hatte gewonnen. »Wenn alle vietnamesischen Frauen Cha Ca kochen könnten, dann würde ich sicher eine Vietnamesin heiraten«, sagte ich. Cha Ca ist ein ausgezeichnetes Fischgericht mit Knoblauch, Dill und Senfgras.

»Ich kann Cha Ca kochen«, sagte die Frau.

»Na gut«, sagte ich. Ich wollte schnellstens aus dem Reisebüro raus. »Dann komme ich mal zu Ihnen nach Hause, und Sie kochen uns beiden Cha Ca.«

»Das geht nicht«, meinte sie. »Ausländer dürfen nicht zu Vietnamesen nach Hause. Es ist verboten.«

Erleichtert nahm ich ihre Hand, um mich zu verabschieden. Ihr Griff war feucht und fest. »Ich könnte das Cha Ca auch hier im Büro kochen«, sagte sie mit einem Lächeln.

Ich lächelte zurück und stellte mir vor, wie die Frau in ihrem Reisebüro mit Pfannen hantierte, emsig Fisch würzte und die Flamme an ihrem Tischherd mal kleiner, mal größer stellte, alles unter dem strengen Blick von Onkel Ho dort an der Wand. Erst jetzt bemerkte ich, daß aus einem Muttermal auf ihrem Hals ein langes schwarzes Haar wuchs. Es war jetzt wirklich Zeit zu gehen.

Huong war Texaner. Er trug Nike-Basketballschuhe, eine New-York-Yankees-Baseballkappe und einen Universitätsring mit dem Namen seiner Alma mater in dicken goldenen Lettern am kleinen Finger. Seine Mutter war Vietnamesin, sein Vater stammte aus Houston.

Er war zum vierten Mal in der Heimat seiner Mutter und warf mit Dollarscheinen um sich. Seine alte Mutter bekam Dollars, seine Tante, die mit einer Lungenentzündung im Bett lag, bekam Dollars und sein Onkel auch. Der arbeitete im Ministerium für Staatssicherheit. Huong bezahlte alles in Dollar.

Wir aßen in einem guten Saigoner Restaurant. Huong hatte mir sein Saigon gezeigt. Er hatte eine Limousine mit Klimaanlage und abgedunkelten Scheiben und Fahrer gemietet und jetzt noch einen Tisch am Mekong reserviert, in der Nähe des Hummerbuffets. Es wurde Abend.

»Das Licht, sehen Sie nur, das Licht«, meinte er, schob sich eine aufgeknackte Hummerschere in den Mund und saugte daran. Die untergehende Sonne färbte den Fluß rosa und orange. Die Klimaanlage wirbelte eisgekühlte Luft durch das Restaurant. Er zog an seiner Zigarette, legte sie dann an den Rand des Aschenbechers und tauchte seine Fingerspitzen in eine silberne Wasserschale. In der Schale schwammen mehrere Zitronenscheiben.

»Sehen Sie nur. Diese Stunde ist sehr wichtig. In diesem Licht wird mein Land reingewaschen, jeden Abend von neuem.«

Er hatte recht. Es sah tatsächlich so aus. Hölzerne Boote glitten über den Fluß. Ein paar kleine Jungs ließen sich von einer Fähre an Seilen durchs goldene Wasser ziehen. Sie tauchten unter, und als sie wieder hochkamen, prusteten sie und lachten. Die hochfliegenden Wassertropfen glitzerten im letzten Sonnenlicht. Auf der Fähre stand in großen blauen Buchstaben: Lufthansa.

ZU SPÄT, ZU SPÄT
Vietnam, 1999

Der Flughafen sah immer noch so aus, nein, der Flughafen war es gar nicht – die Grenzbeamten sahen noch genauso aus. Sie trugen DDR-grüne Uniformen, ein Grün, das es in der Natur nicht gibt. Und da die Uniformen so kratzten, waren sie immer noch schlecht gelaunt, wie früher. Man mußte sich vor den grau-weißen Zollblöcken in eine ordentliche, genaue Reihe aufstellen, scherte man aus, wurde man ernsten Blickes aufgefordert, sich wieder gerade hintenanzustellen. Der Regen klatschte gegen die großen Scheiben, und obwohl man lieber Saigon geschrieben hätte auf den feuchten Zollzettel, schrieb man dann doch Ho Chi Minh City.

Und draußen am Taxistand regnete es natürlich immer noch, aber die Wolgas und die alten Renaults und die Ford Falcons, die gab es nicht mehr. Ein Vietnamese warf seine Zigarette in eine Pfütze und schloß seinen neuen Hyundai auf, das war das Taxi. Drinnen roch es wie überall im neuen Asien, nach Klimaanlage und Lufterfrischer, nach Kampfer und hastig ausgerauchten Marlboro Ultras.

Dann kam die Stadt, die für alle außer den Grenzbeamten in ihren elektrisch-grünen Uniformen wieder Saigon hieß. Ein paar beschnittene Palmen zogen vorbei. Es gab jetzt eine Skyline, ja, Saigon sah plötzlich aus wie Frankfurt, so, als ob einem die Erinnerung auf einmal ganz böse Streiche spielen wollte. Zwanzig, dreißigstöckige Glaskästen standen an den Boulevards, die Deutsche Bank war da, Investmentgebäude, Fast-Food-Diner, und als das Taxi in den Dong Khoi einbog, in die alte Rue Catinat, in der Graham Greene vor endlos langer Zeit seinen traurigen Helden Fowler wohnen ließ, da regnete es auf einmal nicht mehr, die Sonne sprang heraus und schien rechts, strahlend, in eine Einkaufspassage hinein, dort gab es Benettons und Cybercafés und Geschäfte, die das alte Vietnam verkauften, dargestellt – so war durch die vom Regenwasser verschlierten Scheiben des Hyundai-Taxis zu sehen – durch dort in den Souvenirläden hängende, bunte, auf Holz lackierte, nie erlebte Abenteuer von Tim und Struppi.

Saigon sah aus wie ein ironisch gemeintes, gleichzeitig merkwürdig modernes Shanghai der dreißiger Jahre, wie ein sich anhand seiner Mythen selbst erhaltendes, selbst Kraft gebendes neues Stadtkonglomerat. Das vor wenigen Jahren noch so unglaublich frei und subversiv-kapitalistisch erscheinende Moped-Cruising der jungen Leute den Dong Khoi hinunter und dann gleich den Prachtboulevard Nguyen Hue wieder hinauf, wurde heute von einem Fernsehteam verfolgt, die Betacam hinten auf einen Toyota-Pickuptruck geschnallt, eine vietnamesische Soap Opera wurde gefilmt, eine exakte Abbildung ihrer Selbst. Es war, als zitierten sich die Jugendlichen nur noch auf ihren Mopeds, als erinnerten sie sich nur noch vage an die eigentlichen Ursprünge ihres Im-Kreis-Fahrens, als sei es ihnen auch ganz egal geworden. Das Cruising war, so schien es, nur noch leere Geste.

Die Hotels, die vor ein paar Jahren heruntergewirtschaftet waren, im Inneren feucht und modrig, waren nun ganz in Marmor ausgekleidet, die Angestellten hatten alle irgendwo Höflichkeitskurse belegt und die astronomisch hohen Preise kurz nach der Öffnung Vietnams für den Kapitalismus waren ins Nichts gefallen. Saigon war, zumindest für Ausländer, spottbillig geworden.

Das *Apocalypse Now*, das ich vor sieben verzauberten Jahren besucht hatte, war inzwischen eine *Theme-Bar*, oder es war geschlossen, oder es gab jetzt sechs *Apocalypse-Now-Franchise-Bars*, es war mir egal. Die damalige charmante Unfreundlichkeit der Vietnamesen, die man am ehesten mit dem ruppigen, aber eigentlich herzlichen Wesen der Sachsen kurz vor der Wende vergleichen konnte, war einer erschreckenden Service-Mentalität gewichen. Es war ganz traurig. Irgend jemand hatte den Vietnamesen inzwischen beigebracht, nach jedem Satz »Sir« zu sagen und es war kaum auszuhalten.

Meine Begleiterin und ich checkten ins *Grand Hotel* ein. Es war sehr schön und es kostete nur zweiundzwanzig Dollar die Nacht. Die Angestellten hielten uns die Türen auf, riefen »Sir« und »Madam« und ein junger Mann wienerte emsig den marmornen Boden der Lobby mit einem elektrischen Bohnergerät.

Die *Herald Tribune* lag aus, der *Stern* und unzählige Broschüren, die in einer Zehn-Punkt-Bodoni-Schrift und mit Herb-Ritts-artigen Fotos die Vorzüge des neuen Vietnams priesen. Das Zimmer selbst hatte französische Fenster, man sah auf den Dong Khoi hinab und man konnte im Fernsehen CNN empfangen, BBC und die Deutsche Welle. Es war, wie ich vor sieben Jahren gesehen hatte, wie im Film. Nur war es diesmal wirklich ein Film – die sonderbare Realität, die sich hinter den Bildern damals noch verborgen hatte, war ganz verschwunden. Übrig geblieben war nur das Abbild, nur die Pastiche Vietnams. Meine Begleiterin und ich dachten eine Weile schweigend darüber nach, im Hotelzimmer auf dem

Plumeau sitzend. Im Fernsehen lief der Discovery Channel. Nach einer weiteren Weile klopfte es sachte an der Tür. Ein junger Mann wollte tatsächlich die Betten zurückschlagen.

Es gab inzwischen, so erzählte mir meine Begleiterin, eine Art Traveller-Straße in Saigon. Ganz ähnlich der Khao San Road in Bangkok, dem Paharganj in New Delhi und Thamel in Katmandu. Wir fuhren also hin und besahen die sechsundzwanzig Cybercafés, dessen Besitzer Bananenpfannkuchen anboten, und Tiger-Dosenbier aus Singapur, das Spiel *Tomb Raider 4* für die Sony Playstation, und eingeschweißte Ausgaben von »Southeast Asia on a Shoestring«, und es war gräßlich. Ja, ganz schrecklich und ganz gräßlich und verkommen. Die Nacht senkte sich über Saigon. Es war zu spät.

Darüber konnte man nicht mehr sprechen. Und schuld an alldem? Fast möchte man meinen, Cordt Schnibben sei an allem schuld.

TRISTESSE ROYALE
Berlin – Phnom Penh, 1999

Diese Woche, lieber Leser, war ich für ein paar Tage in Berlin, um an einer Konferenz im *Hotel Adlon* teilzunehmen. Eingeladen waren der Publizist Joachim Bessing, Dr. Eckhart Nickel, der Schriftsteller Benjamin von Stuckrad-Barre und Alexander von Schönburg, der Ende dieses Monats die blendend aussehende und hochintelligente Irina von Hessen heiraten sollte.

Der Reichstag war gerade eröffnet, Schröder war auf dem Cover von *Newsweek*, die Sonne schien. Frühling war mit Wucht über die Stadt hereingebrochen, und die Menschen standen am Brandenburger Tor, staunten und aßen Würstchen mit Senf für drei Mark achtzig.

Wir saßen also zu fünft im Konferenzzimmer und sprachen über den Stand der Dinge. Ein paar Mikrofone waren aufgebaut, um das Ganze zu dokumentieren, denn im Herbst würde aus den gesammelten Gesprächen im Ullstein-Verlag ein Buch erscheinen mit dem Titel »Tristesse Royale«. Alle tranken riesige Mengen Espresso, und ab und zu stand einer auf, lief zum Fenster und sah hinaus auf das Brandenburger Tor.

Ein Demonstrationszug hatte sich inzwischen dort unten gebildet, und da das Gespräch sowieso gerade ins Stocken gekommen war, liefen wir aus dem *Adlon* hinaus und schlossen uns der Kundgebung an. Sie war, so erfuhren wir, gegen den Krieg in Serbien und im Kosovo anberaumt worden, gegen die Nato-Intervention, für den Kommunismus, gegen den über Nacht zum Nazi gewordenen RAF-Menschen Horst Mahler, gegen den Zionismus und gegen die USA, für den Frieden und gegen die Diskriminierung von lesbischen Berlinerinnen.

Es war also eine eher diffuse Demonstration. Vorneweg stand ein Mann auf einem im Schrittempo fahrenden Lieferwagen und rasselte Parolen herunter. Hinter ihm liefen junge Menschen in schwarzen FC-St. Pauli-T-Shirts, Nato-raus-Plakate halbherzig in die Luft reckend. Danach marschierten einige Lesbierinnen, und hinter denen liefen wir.

Da wir dunkle Anzüge trugen, wurden wir mißtrauisch beäugt. Eine junge Frau fragte ängstlich ihre Freundin, von welcher K-Gruppe wir wohl kämen (Ich nehme dadurch an, es gibt tatsächlich irgendwo unter den Kadern der Kommunistischen Internationalen eine obskure Subgruppe ordentlich gescheiterter junger Männer, die ausschließlich dunkle Anzüge tragen) und wir wurden sowohl von den Demonstranten als auch von den am Straßenrand stehenden Beamten des Bundesnachrichtendienstes fotografiert.

Als die Demonstration vorbei war, zerstoben die Menschen, die Hubschrauber hörten auf zu kreisen, und die nicht zum Einsatz gekommenen Wasserwerfer fuhren wieder weg, durchs Brandenburger Tor hindurch. Wir schlenderten zurück ins Adlon.

Danach wurde die Konferenz immer verwirrter. Ein Journalist von der *Welt* (Herr Delekat, so stellte sich später heraus, war eigentlich Opernkritiker) kam vorbei, um mit uns ein Interview zu machen, ein paar Flaschen wurden umgestoßen, und es kam zu einem Kleinsttumult, nachdem Dr. Eckhart Nickel behauptet hatte, er sei im Rahmen unserer Konferenz in ein »linguistisches Kosovo geraten«, allein »die Albaner, die er hatte vertreiben wollen, seien ganz von alleine gegangen«.

Es entstand ein heilloses Durcheinander: Ein gerahmtes Bulgari-Foulard wurde von der Wand gerissen. Der Schriftsteller Benjamin von Stuckrad-Barre versuchte, uns das erste Stück der neuen Echo & the Bunnymen-CD vorzuspielen, auf Lautstärkepegel zwölf. Der Journalist der *Welt* ging ohne einen geraden Satz in der Tasche wieder zurück in die Redaktion, die Konferenz löste sich auf, und der Publizist Joachim Bessing und ich beschlossen, sofort nach Phnom Penh zu fliegen.

Dort angekommen, mieteten wir uns, wie immer, im *Foreign Correspondents Club of Cambodia* ein. Es war unglaublich heiß. Die Regenzeit hatte begonnen, und weit oben über dem Mekong zuckten Blitze durch die schwarzen Wolken. Dazwischen stieß, hübsch anzusehen, immer wieder ein Schaft gleißendes Sonnenlicht hindurch und erleuchtete die Stadt und den Fluß portionsweise.

Wir saßen auf der Veranda und schauten eine Weile biertrinkend hinunter auf den Boulevard. Ein paar Fischerboote trieben flußabwärts. Anthony, der Besitzer des *Foreign Correspondents Club of Cambodia* hatte eine Platte auf den Plattenspieler gelegt, und die ersten Takte von Sergio Mendes' »Brazil 66« verwehten nun über dem Mekong.

Dann gab es einen Stromausfall. Die Ventilatoren über uns und die Straßenlaternen unter uns gingen aus, und langsam, aber immer näher kommend, schob sich eine demonstrierende Menschenmenge den verdunkelten Boulevard hinunter. Viele von ihnen trugen Lumpen. Einige Demonstranten hatten nur ein Bein. Es blitzte am Himmel. Schwerbewaffnete Militärpolizei ging an den Straßenkreuzungen in Stellung.

Die Menschen, die dort unten demonstrierten, forderten für sich nur eines: Die Erhöhung des kambodschanischen Mindestlohns von monatlich vierzig US-Dollar auf sechzig.

Joachim Bessing und ich waren zu feige, mitzumarschieren. Was uns vor wenigen Stunden in Berlin noch als herrlich subversive Tat vorgekommen war, nämlich das wahllose Mitmarschieren bei unsinnigen Demonstrationen, hielt uns hier mit einem lastwagengroßen Spiegel unser wahres Gesicht vor: Wir waren feige Popper. Und wir erkannten: Hier in Kambodscha hört die Popkultur auf. Es gab hier keinen ironischen Bruch zwischen dem, was ist und dem, was sein sollte. Hier ging es um zwanzig Dollar mehr im Monat.

Lukas hatte sich zu uns auf die Veranda gesellt. Lukas war ein Ex-Fremdenlegionär und erinnerte an den späten Gerd Fröbe. Wir tranken Bier. Er fuhr sich mit der Hand über den kahlrasierten Schädel, während er sprach, und erklärte, er sei in Phnom Penh zum Minenräumen.

Wir beobachteten die vorbeiziehende Menschenmenge, und Lukas erzählte uns, wie viele Millionen Minen immer noch in den Reisfeldern begraben waren. Er erzählte uns von den Sprungminen, die den Bauern die Brust zerreißen und nicht die Beine, wenn sie drauftraten. Er erzählte uns von dem tagelangen Wimmern der Kinder, die beim Spielen in ein Minenfeld geraten waren, nun dort festsaßen und die man einfach nicht retten konnte, ohne selbst zerfetzt zu werden.

Die Nacht brach herein, ohne Vorwarnung. Ein Dunkel löste das andere ab. Es war gut und richtig, wieder in Asien zu sein.

KO SAMUI™

Ko Samui, 1999

Heute, lieber Leser, fliegen wir zusammen ins Paradies. Das Paradies ist eine Insel im Golf von Thailand, ein grüner und goldener Fleck, dort unten im blauen Azur des Meeres. Das kleine Flugzeug setzt auf der Landepiste auf und ein Flugplatz empfängt uns, wie er angenehmer nicht sein könnte: Eine kleine, nach allen Seiten offene Holzhalle steht dort neben ein paar Kokospalmen, Blumengirlanden werden dem Reisenden um den Hals gehängt, ein kleines Disney-Mobil verbindet Flugzeug und Holzhalle, und das beste daran ist: Das Paradies kann erst seit 1989 überhaupt angeflogen werden. Ja, ganz richtig, seit zehn Jahren erst.

Noch erstaunlicher: Ko Samui ist erst seit fünfzehn Jahren überhaupt auf der touristischen Weltkarte verzeichnet, davor gab es lediglich ein paar Fischerhütten, ein paar kiffende Hippies, die mühsam vom Festland mit dem Versorgungsschiff übersetzten, und die Haupteinnahmequelle der 30.000 Einwohner Ko Samuis war damals der Export von monatlich zwei Millionen Kokosnüssen nach Bangkok. Man konnte am Strand liegen, das wunderbare Singha-Bier trinken und endlich »Moby Dick« noch einmal lesen, oder »Unter dem Vulkan«, oder den heiligen Koran in der Übersetzung von Mohammed Marmaduke Pickthall und drei andere Bücher mit mehr als fünfhundert Seiten.

Heute kommen in der Saison täglich 17.000 Touristen auf die Insel, jeden Tag. Es gibt Direktflüge nach Singapur und Hong Kong und nichts ist, wie es bis vor kurzem noch war.

Deutsche kaufen über Strohmänner Bauland auf, es gibt Time Sharing-Anlagen, Burger King und Massagesalons, luxuriöse Ayurveda-Zentren, 24-Stunden-Supermärkte, Internet-Cafés, Pizza Hut und Go-Kart-Rennbahnen. Ein McDonald's, wie drüben in Phuket, ist in Planung.

Es gibt ein Hotel, das *Santiburi Dusit*, Mitglied der *Leading Hotels of the World*-Kette, in denen ein einfaches Zimmer in der Hochsaison so cirka achthundert Mark kostet. Es gibt einen vorbildlichen Wasserfall, zu dem man auf einem Elefanten reiten kann, die Videokamera vor den Bauch geschnallt. Es gibt unter der Hand verkaufte Eintrittskarten für die künstlichen Paradiese der Opiumhöhlen, man kann sogar die Nazidroge Ya Ba vom Blech rauchen, wenn man will. Es gibt dies alles auf einer Insel, die im Grunde nichts anderes ist als ein dichter Klecks Urwald, an dessen Rändern ein schmaler Streifen Sand das Meer begrenzt.

Die Mönche in ihren orangefarbenen Roben laufen noch immer am Straßenrand entlang, und die Frauen mit den spitzen Hüten stehen noch immer knöcheltief in den grünen Reisfeldern und ernten emsig, aber wer das sehen möchte, muß sehr gute, fixe Augen haben; von einem gemieteten Motorrad aus oder von einem Suzuki-Jeep betrachtet, huscht das idyllische Bild sekundenschnell vorbei und ist verschwunden.

Ko Samui ist das perfekte Ziel für Aussteiger auf Zeit. Es gibt die Produkte der ersten Welt zu Preisen der dritten, die Thais sind zum Umfallen freundlich, das Meer ist sauber, und über all dem scheint die Sonne. Eine einfache, reinliche Basthütte keine fünf Meter vom Strand mit Bett, Ventilator und kleinem Schreibtisch kostet zehn Mark, Meeresrauschen gratis.

Wer Zivilisation braucht, fährt auf dem Moped die paar Kilometer zur Hauptstadt Na Thon und kauft sich dort Scheiblettenkäse, Nutella und Hakle Feucht. Vor allem Menschen mit Kindern zieht es hierher; anstatt im verregneten Berlin oder Hamburg zu sitzen, überwintern sie auf Ko Samui, oft drei, vier Monate lang, werfen sich scharf gewürzte Garnelen in den Mund und beobachten zufrieden, wie ihre Kleinen knackbraun werden und langsam die deutsche Sprache verlernen.

Das einzige Problem an Ko Samui ist also, daß es genauso paradiesisch ist, wie man es vermutet. Und da die Vermarktung des Paradieses – erinnern Sie sich, bitte, daran, daß vor zehn Jahren auf der Insel rein gar nichts stand – in sich immer höher und schneller schraubenden Spiralen fortschreitet, glaubt man manchmal, das rapide Verderben Ko Samuis könne man genauso rasch sehen wie die Fotos, die man zur 1-Stunde-Entwicklung in den Fotoladen von Na Thon gegeben hat.

Langhaarige Männer sitzen mit nacktem Oberkörper in den offenen Restaurants der Guest Houses und lesen Patrick Süßkind, vor sich einen erkaltenden Bananen-Honig-Pfannkuchen. Papageien fliegen durch den Urwald, ein junges Paar läuft Hand in Hand über den weißen Sandstrand, und der große goldene Buddha in der Nähe des Flughafens wacht, milde lächelnd, über das Glück der Bewohner des Paradieses.

In Chaweng, ein paar Kilometer weiter die Küste entlang, sieht alles etwas anders aus. Chaweng ist eine Art Frontstadt, fast sechs Kilometer lang zieht sich eine Reihe von Bars, Nachtklubs, Hotelanlagen und Supermärkten am Strand entlang, dicht an dicht gedrängt. Überall verkünden Schilder, daß man Deutsch spreche, aber auch Svensk und Hebräisch, nur hereinspaziert, sagen sie.

Man kann sich in Chaweng Seidenhemden schneidern lassen mit paspelierten Elefanten darauf, handbemalte

Krawatten mit dem Abbild Mutter Teresas kaufen, und aus einem Stück Teakholz gearbeitete Nachbildungen der Werke von Georgia O'Keefe. Man kann, wenn man will, mexikanisches Bier mit dem berühmten Limettenschnitz trinken, nordindisch essen, südindisch, schweizerisch und koreanisch. Es gibt Riesen-USA-Burger, Tacos, Döner Kebab, Falafel, Thai-Suppen, Sushi, südafrikanische Rotweine und Austern aus Chile.

Und in Chaweng spaziert allabendlich ein Panoptikum aus Welttouristen herum, das auf der Erde seinesgleichen sucht: Die britischen Lager Louts, auf zwei Wochen in Samui zum Kampftrinken und Krakeelen, konkurrieren mit den tätowierten Israelis, die, frisch aus der Armee entlassen, mal eben ein paar Monate Thailand mitnehmen. Dann die alternden Hippies, denen Ibiza zu kommerziell geworden ist, die dann in Katmandu ein Internet-Café eröffnet haben, danach eines auf Bali und eines in Goa, und nun in Ko Samui sitzen und sich wundern, daß sich alles um sie herum so schnell verändert.

Oder den faltigen Bubenfreund aus Bergen-Enkheim, der sich, jahrelang auf der Flucht vor der Polizei erst in thailändischen Kindersex-Nirvana Pattaya herumgetrieben hat und sich dann, mit einem Zwischenstop in Sri Lanka, nun endlich in Ko Samui niederläßt, als Pensionär, sozusagen. Oder die kleine Neuseeländerin mit den lustigen Bo-Derek-Zöpfchen im Haar, die in Japan als Model für Bier und für Shampoo gearbeitet hat und einfach ein halbes Jahr auf der Insel ausspannen wollte, wenn da nicht die freie Stelle als Kellnerin in der *Batman-Bar*, Chaweng gewesen wäre.

Es gibt eine einheimische Verordnung, daß die neu gebauten Häuser auf Ko Samui nicht höher als die höchsten Palmen seien dürfen. Ein paar Wochen später sahen aufmerksame Beobachter verdächtig hohe Palmen gepflanzt, die viel höher waren als die hier heimischen Bäume. Die Palmen waren aus Nord-Thailand importiert worden, um das neue Gesetz zu umgehen.

Den montäglichen *Spiegel* gibt es hier, die *Bild*, und selbstverständlich auch die ausgezeichnete *Welt am Sonntag*, und daß es trotzdem nicht so ist wie auf Teneriffa, verdanken die Touristen nur dem Umstand, daß ab und an einer von einer schlimmen Tropenkrankheit befallen wird und nach Bangkok ausgeflogen werden muß.

Und trotzdem nennen wir es Paradies. Die Drogenhölle Ko Phangan, nur eine Insel weiter, disqualifiziert sich per Definition selbst, und die Schlauen sind eh nach Ko Lanta gefahren, auf der anderen Seite des Isthmus von Krabi, jenem schmalen Stück Land, das den Golf von Thailand von der Andamanen-See trennt. Und doch, lieber Leser, stockt dem Mitteleuropäer immer noch der Atem, wenn er mit dem kleinen Passagierflugzeug über Ko Samui fliegt und zur Landung ansetzt im Paradies. Völlig zu recht, meine ich. Auf Wiedersehen.

»So, die Herrschaften: Aufgesessen!«, ruft Postminister Bötsch in die Lobby des *Taj Palace Hotels* in New Delhi, und sein fränkisch gefärbtes Bayerisch dröhnt von den Marmorwänden. Es ist sieben Uhr dreißig in der Früh, und dies ist die letzte große Reise des CSU-Mannes. Sein Ministerium wird Ende des Jahres aufgelöst, und jetzt ist er noch mal nach Indien gefahren, um nachzusehen, ob in dieses riesige Land nicht doch irgendwie investiert werden kann.

In Indien teilen sich eine Milliarde Menschen nur 15 Millionen Telefonanschlüsse, das muß doch eigentlich ein Markt sein, an dem man nicht vorbei kommt. Die Deutschen haben sich an Indien schon einmal die Zähne ausgebissen: Die Deutsche Telekom hatte vor zwei Jahren zwar ein umfassendes Investitionsangebot gemacht, aber Korruption, Bürokratie und vor allem die monatelange Hinhaltetaktik der indischen Behörden ließen die Deutsche Telekom sehr schnell wieder abspringen.

Inzwischen ist eine der führenden Firmen auf dem Privatsektor die Telefongesellschaft Essar, ein Joint-Venture-Unternehmen der Schweizerischen Telekom. Ein Mobiltelefon erhält man von der Schweizer Firma innerhalb einer Stunde, während man auf einen Festnetzanschluß oft zehn Jahre warten muß. Wer in der Hauptstadt Delhi 1500 Mark auf den Tisch legt, kann theoretisch mit einem schnelleren Anschluß rechnen, doch auch mit dieser Summe Bestechungsgeld wartet man gerne mal fast ein ganzes Jahr.

Doch die Zukunft, diese vage Vernetzung von Telekommunikation, Software, Internet und Satellitentechnik, die Bötsch und seine gemischte Delegation aus Vertretern der Firmen Veba, RWE, Bosch Telekom, Viag und extra eingeflogenen deutschen Journalisten in Indien ausfindig machen möchte, liegt ja auch nicht in Delhi, sondern im südindischen Bangalore. Diese Stadt wird immer gerne als indisches Silicon Valley beschworen, als Boomtown der asiatischen Software-Industrie, und als Bill Gates während einer Rede einmal bemerkte, die Inder seien die schlauesten Menschen der Welt, war der Run auf Bangalore ausgemachte Sache.

Und so fliegt Bötsch mit einem Airbus der Luftwaffe hinunter nach Bangalore um nachzusehen, ob man nicht doch wieder ein Joint-Venture-Unternehmen ankurbeln kann, auf halbem Wege zwischen Privatisierung und Staatsmonopol, und ein Mann vom Außenministerium schreitet durch die Reihen, ruft »So, moin, moin« und verteilt Visitenkarten mit dem Bundesadler drauf. »So« wird oft gesagt an diesem Tag. Im Flugzeug gibt es Lachsschnittchen und Bier, obwohl es ja noch so früh ist und keiner Bier haben mag.

Die Teilnehmer benehmen sich wie Schüler bei einem Ausflug, alle wirken etwas linkisch und kindisch und unsicher, als ob es allen sowieso klar sei, daß das Ministerium aufgelöst wird und man schnell noch den Jahres-Etat verprassen muß und deswegen auch ruhig etwas Spaß haben darf. Es wird viel gelacht und viel gescherzt, und als das Flugzeug in Bangalore landet, sind einige enttäuscht, daß der Flughafen nicht sonderlich modern ist, sondern eher so aussieht wie der Flughafen einer kleinen, unwichtigen Bananenrepublik.

Die Busse, mit denen die Delegation in Bangalore abgeholt und herumkutschiert werden, tragen in großen weißen Buchstaben die Aufschrift *Shri Satya Sai Tours*, ein Hinweis, daß das Busunternehmen dem umstrittenen südindischen Guru Shri Satya Sai Baba gehört. Ein Herr vom Pressekorps schießt mit einer Kleinbildkamera aus dem Fenster des klimatisierten Busses. Das Motiv in seinem Sucher sind Menschen, die an einer Bushaltestelle warten und zur Arbeit fahren wollen und den dicken Bussen mit den vielen Deutschen drinnen und der Polizeieskorte voraus nachstarren.

Die Architektur Bangalores ist der Delhis um zehn Jahre voraus, die Deutschen bestaunen eine Art indische Postmoderne, und so soll Indien ja in Zukunft bitte aussehen: Häuser mit witzigen aufgesetzten Erkern und kleinen Chippendale-Giebeln sind nach den Wünschen und dem Geschmack der wachsenden und ökonomisch erstarkenden Mittelschicht entstanden. Und das gefällt natürlich auch der deutschen Delegation, man erzählt untereinander, wieviel sauberer Bangalore doch sei als Delhi, die Straßen seien gefegt und reinlich, überhaupt sei der Südinder wahrscheinlich viel reinlicher als seine Verwandten im Norden. Fleißiger seien sie allemal, das erkläre auch, erzählen die Deutschen, warum sich so viele Software-Firmen aus aller Welt in Bangalore ansiedeln würden – die Südinder seien eben fleißig und billig. Ein Drittel des deutschen Lohnes würden indische Software-Ingenieure kosten, nach Steuern, das würde sich doch schon lohnen. Und erst die Lebensqualität! Es gäbe in Bangalore schließlich Espresso-Bars und Internet-Cafés und richtige englische Pubs, in denen große Sony-Fernseher laufen mit 24-Stunden-Sportprogrammen und Warsteiner-Bier vom Faß. Das muß man sich mal vorstellen: Warsteiner in Indien, zum Teufel.

Ein Mann aus Bangalore erzählt der Delegation, der eigentliche Grund, warum sich die Software-Firmen hier ansiedeln, sei die staubfreie Luft: Auf tausend Meter Höhe gelegen, fliegt hier kein indischer Staub durch die Büros, und da das Klima dank der Höhe eben angenehm sei, kämen Menschen aus allen Teilen Indiens hierher, um Arbeit zu suchen, aber was er erzählt, geht irgendwie unter.

Aber da Bangalore nicht nur für Software und Telekommunikationstechnik berühmt ist, sondern hier auch indische Satelliten entwickelt werden und das ja alles irgendwie zusammenhängt, werden Minister Bötsch und seine achtzigköpfige Entourage in das indische Zentrum für Raumfahrtsforschung gebracht, als kleines Bonbon. Und dort sieht es dann endlich etwas abenteuerlicher aus als bei den bisher besuchten, für die Deutschen auf adretten Hochglanz hergerichteten Software-Firmen: Wissenschaftler mit weißen Plastiksäckchen, die sie sich um die Füße gewickelt haben, stapfen hinter großen Glaswänden von einem Satelliten zum nächsten, Schraubenzieher in den Händen. Ein Soldat mit einer Kalaschnikow paßt auf, daß nichts mitgenommen wird. Die Satelliten selbst, das muß man sagen, sehen abenteuerlich aus – sie ähneln mannshohen Klumpen aus Alufolie.

Der Delegation und den Journalisten wird ständig auf die Nase gebunden, wie schwer es doch sei, in das Raumfahrtsforschungszentrum hineinzukommen, indische Journalisten, zum Beispiel, hätten fast keine Chance, das Zentrum von innen zu sehen. Zwar steht direkt neben den Labors ein großes Raumfahrtmuseum und in der Nähe des Eingangs eine Kinder-Waage, auf der man sein relatives Gewicht auf dem Mars und auf Pluto ablesen kann, und für irgend jemand muß das ja da stehen. Für die Wissenschaftler sicher nicht, aber alle fühlen sich trotzdem geehrt, besonders Bötsch, der von den Indern immer mit »Ihre Exzellenz« angeredet wird. Bötsch, auch dies muß man fairerweise sagen, ist der einzige, der bei diesem Schulausflug Größe bewahrt. Er hört zu, übergeht die Inder nicht, beantwortet deren Fragen, so gut er kann, und erzählt Anekdoten über John F. Kennedy.

Am Ende bekommen alle Teilnehmer eine häßliche Krawatte geschenkt und eine Rose, und Bötsch bekommt einen goldenen indischen Telekommunikations-Satelliten zum Ins-Bücherregal-Stellen, und Bötsch, der ja natürlich auch Postminister war, verschenkt dem indischen Leiter des Raumfahrtszentrums ein Album mit allen Briefmarken, die er während seiner Amtszeit ausgegeben hat.

»Stadler, komm mal her!« ruft Bötsch einen Adjutanten herbei. »Weißt du was, mein Lieber? Heut ist der Fünfte! In Andechs ist heut Anstich!« ruft der Postminister und alle lachen, selbst die Inder, obwohl sie garantiert nichts verstanden haben.

WIE ICH EINMAL SEHR SPORTLICH WAR
Bali – Sri Lanka, 1997

Das Ganze ging in Bali los, und zwar so: Ich hatte gerade im blöden *Made's Warung Restaurant* in Kuta Beach wieder mal schon zum Mittag eine Riesenportion Yellowtail-Sashimi mit Pommes Frites gegessen und dazu fünf Bintang-Bier getrunken, und die Ventilatoren bliesen die heiße Luft durch das Lokal, und ich wurde ganz furchtbar schläfrig. Wegen des Biers und des Staubs, der aus den alten Teakholzmöbeln und von der Decke rieselte, wurde ich so müde.

Draußen schien die Sonne, wie an jedem dieser Tage. Es war ja auch ungefähr achtzig Grad draußen, und der Stuhl war so gemütlich, und deswegen lehnte ich mich also leicht nach vorn, mit der einen Hand das Bierglas festhaltend, die Augen halb geschlossen, die andere Hand unter dem immer schwerer werdenden Kinn. Jetzt schlafen, dachte ich, und während ich das dachte, merkte ich, wie sich mein Bauch nach vorne schob, unten, über den Hosenbund hinüber. Nicht weit, aufgemerkt, denn ich bin nicht dick, das kann man nicht gerade sagen, aber der Bauch schob sich trotzdem nach vorne.

Um Gottes Willen, dachte ich, als ich das merkte, und meine halbzunen Augen gingen mit einem Schlag wieder auf, so, als ob es plötzlich hell würde, und in diesem Moment sah ich, wie das Alter und die Verfettung und das Frührentnerdasein, das ich führte, wie das ganze Bier und das Faul-in-irgendwelchen-Bars-in-Asien-Umhersitzen in einer ganz großen Sackgasse enden würde, wenn ich nicht sofort etwas dagegen unternahm.

Also stand ich auf, mit einem Ruck, bestellte sofort die Rechnung, zahlte und lief aus dem Lokal. Ich lief zum Strand, setzte mich eine Weile lang hin und beobachtete die Surfer, wie man das manchmal tut als völliger Nichtsportler. Wie man weiß, gibt es ja nichts auf der ganzen Welt, das langweiliger ist, als Sport zu machen, und wenn etwas noch langweiliger ist, dann natürlich Sportlern bei der Ausübung ihrer langweiligen Sportarten zuzusehen.

Aber diesmal war es anders. Ein paar junge Männer paddelten auf ihren Brettern hinaus, dort, wo die Wellen sich brachen, und sie bewegten sich völlig geschmeidig, während sie da mit den Armen paddelten. Ich konnte das sehen, vom Strand aus. Ich setzte mich etwas näher ans Wasser und beobachtete, wie sie draußen auf ihren Brettern saßen, den Blick auf den Horizont geheftet, den Rücken zu mir, jeder für sich alleine, und wie dann jeder für sich alleine eine Welle aussuchte und sie nahm. Ohne Hast, ohne Panik. Die Jungens standen einfach irgendwann auf, wenn sie glaubten, den richtigen Zeitpunkt erwischt zu haben, und dann fuhren sie auf ihren Brettern, nein, sie glitten, und es sah aus, als ob sie durch Pulverschnee schwebten.

Ich weiß nicht mehr genau, was es war, weil mich ja, wie gesagt, Sport vollkommen langweilt, aber irgendwann dachte ich: Das will ich auch können. Ich mietete mir also ein Brett, ein größeres Malibu-Board für Anfänger, setzte es aufs Wasser, legte mich drauf und paddelte los, in die Richtung, wo die Wellen sich brachen und wo die Jungens saßen. Es waren vielleicht zehn dort draußen, und ich dachte, ich sage mal guten Tag und dann wird mir das einer schon zeigen mit dem Surfen.

Ich paddelte also los, und nach anderthalb Minuten fingen meine Arme an zu schmerzen. Dann versagten sie völlig. Ich lag auf dem blöden Ding und konnte mich nicht bewegen. Es war schrecklich. Ich fühlte mich so unfaßbar schwach. Und dann kam der Ausläufer einer Welle. Ich meine, vom Strand sahen die Wellen nicht so groß aus, aber von der Wasseroberfläche aus betrachtet, waren die Wellen ungefähr so groß wie ein Lastwagen. Und noch größer.

Diese Lastwagenwelle kam also auf mich zu, ich ließ mich vom Brett ins Wasser fallen, und dann war alles erst für zehn Sekunden vollkommen weiß. Dann wurde ich nach unten gezogen, und zwar mit dem Kopf nach unten, so daß ich nicht mehr wußte, wo die Oberfläche des Wassers war – wo oben und wo unten. Ich fühlte ein Ziehen an meinem Knöchel, das war die Schnur, mit der mich das Surfbrett und die Welle mitrissen, und dann spürte ich einen scharfen Schmerz am Knie, das war das Riff unter Wasser, das mir wie ein Küchenmesser die Haut aufschlitzte. Irgendwann hatte ich mein Brett wieder erreicht, und ich hing mich seitwärts dran, vollkommen erledigt, und ich dachte, jetzt erst mal an den Strand, ausruhen, da kam die nächste Welle, und das Ganze ging wieder von vorne los.

Das war mein erster Tag. Und ich war vollkommen süchtig. Abends saß ich in einer Bar, etwas abseits von den richtigen Surfern, und beobachtete, wie sie ihre Joints bauten und mit leisen Stimmen über richtige Wellen redeten, über Java und über Hawaii. Ich war sehr stolz auf meine blutigen Knie und hoffte, sie würden mit mir über richtige Wellen reden. Aber Surfer reden nur selten mit Nichtsurfern. Und grundsätzlich niemals reden sie mit Anfängern.

Anfänger sind für Surfer die schlimmste Spezies auf der Welt. Anfänger sind weiter unten auf der Entwicklungsstufe als Quallen. Anfänger nehmen richtigen Surfern die Wellen weg, sie sind andauernd im Weg, sehen ungut aus, und am besten straft man sie mit vollkommener Nichtbeachtung.

All das wußte ich dort in der Surfer-Bar in Bali natürlich noch nicht. Ich wußte nicht, daß es eine Hackordnung gibt, wie sie härter nicht sein kann, daß es Gromets und Kooks gibt, die von erfahrenen Wellenreitern ebenso verachtet werden wie Windsurfer, und daß weiße Surfer alle grundsätzlich blond sind. Ihre Haare sind vom Salzwasser und von der Dauersonne völlig ausgeblichen, und sie tragen sie an der Seite gerne etwas länger. Schwarze oder asiatische Surfer sind meistens von der Sonne sehr, sehr dunkel, und sie tragen ihre Haare kurz geschnitten. Jungens haben einen ausgezeichneten Brustkorb und einen Waschbrettbauch. Mädchen, die Wellenreiten, haben einen harten Körper, der aber nie unangenehm durchtrainiert wirkt. Es gibt nicht so viele Mädchen, die surfen, aber wenn sie sich in der Welle gut halten, werden sie von den Jungs mit Respekt behandelt.

Alle Surfer haben immer einen etwas zurückgebliebenen Ausdruck im Gesicht, der im ersten Moment auf Dummheit schließen läßt, aber bei näherer Betrachtung einfach nur Abwesenheit verrät. Ein Surfer hört dir nie zu, wenn du mit ihm redest, weil seine Gedanken nicht bei dir sind, sondern bei der Welle. Dieses Entrücktsein vergleichen viele Surfer mit dem Konzept des Zen, und tatsächlich hat es etwas Zenhaftes, stundenlang draußen auf dem Meer zu sitzen und auf die richtige Welle zu warten. Es entsteht dort draußen zuerst eine Leere im Gehirn, und dann eine Einheit zwischen dem Körper, dem Brett und dem Meer. Und das Erreichen dieses Zen-Moments kann jeder Anfänger verstehen, der einmal draußen gewesen ist – dazu muß man nicht surfen können, das heißt natürlich, erst mal auf dem Brett stehen.

Surfen kann einem nicht beigebracht werden. Jeder muß es selber lernen. Manchmal dauert es eine Woche, bis man auf dem Brett stehen kann, manchmal einen Monat. Und weil man es alleine lernt, ist Surfen auch kein Sport, zumindest kein doofer. Es gibt keine Schulen wie beim Tennis oder beim Skifahren. Jeder ist für sich alleine mit dem Brett und dem Meer. Wellenreiten, so erfuhr ich, ist eine Droge. Und wenn man es einmal versucht hat, läßt es einen sein Leben lang nicht mehr los. Jedes Meer, an das man kommt, wird auf Wellentauglichkeit geprüft, der Blick verschärft sich, und man bekommt vom stundenlangen Auf-den-Breakpoint-Starren Krähenfüße in den Augenwinkeln. Und: die vermeintliche Hohlheit der Surfer ist lediglich eine nach außen, gen Horizont gerichtete, an dir vorbei sehende Weisheit.

Ich probierte es noch ungefähr eine Woche lang in Bali aus. Ich bin natürlich nicht ein einziges Mal hochgekommen. Ich wurde zwar nicht mehr von jeder Welle weggefegt, weil ich erstens lernte, daß es möglich war, jeder Welle, die sich gleich brechen würde, aus dem Weg zu paddeln, zweitens, daß ich Wellenkämme hochpaddeln und dann durch sie hindurchtauchen konnte, weil es ja einfach nur Wasser war, und nicht Beton oder Stahl und drittens, daß größere Wellen immer in Sechser- oder Siebener-Schüben kamen und es zwischen diesen Schüben so etwas wie eine Wellenpause gab, die ich zum Ausruhen und Neupositionieren benutzen konnte.

Aber mehr lernte ich nicht, und deswegen beschloß ich, nach Sri Lanka zu fliegen, weil ich in meiner Surferbar gehört hatte, daß es dort um diese Jahreszeit gute Wellen gab, die nicht zu hoch waren, vielleicht anderthalb bis zwei Meter. Außerdem war es ja von Bali nicht so weit.

In Sri Lanka angekommen, fuhr ich mit einer Ratterbahn nach Hikkaduwa, einem Touristenzentrum an der Westküste, suchte den Strand ab und fand sofort eine Basthütte, an der vier Surfbretter standen. Und jetzt kommt etwas ganz Sonderbares: Eines von den Brettern sprach zu mir. Ich konnte das Brett fühlen. Das ist wirklich wahr. Es war ein sechs Fuß acht Inch *Des Sawyer*, in Australien gefertigt, zweimal war die Spitze abgebrochen und zweimal wieder repariert. Ich handelte mit dem Besitzer sofort einen Preis aus und kaufte das Ding. Ich setzte mich damit in den Sand und fuhr mit der Hand über die verwarzte, von Wachs und von Sonnenöl verschlierte Oberfläche. Es war meins.

Dann verbrachte ich ungefähr eine Woche auf dem Meer. Ich wurde tiefbraun, meine Haare wurden weißblond, aber stehen konnte ich immer noch nicht. Die paar hiesigen Surfer ignorierten mich immer noch. Ich trank weniger Bier und aß weniger Müll, weil ich dafür einfach keine Zeit hatte. Ich sah den Sonnenaufgang auf meinem Brett sitzend, und ich sah abends die Sonne auch wieder untergehen. Ich bekam merkwürdige Muskelansammlungen, und das Hinauspaddeln strengte nicht mehr so an. Ich lernte, wie ein Duck-dive funktioniert: Wenn eine Welle auf einen zukommt, der man nicht mehr ausweichen kann, preßt man das Brett vorne nach unten und zieht es hinten mit dem Schenkel nach oben. So taucht man einfach unter jeder Welle hindurch, ohne große Mühe.

Irgendwann stand ich. Ich weiß nicht mehr wie und wann genau es passierte. Vielleicht nach zehn Tagen. Keiner sah mir zu, und der Adrenalinrausch dabei war so ziemlich das einzigartigste, was mir jemals passiert ist. Ich wußte einfach, daß der Moment gekommen war, ich wußte, daß ich keine Angst mehr hatte, auf die Nase zu fliegen oder mir mein eigenes

Brett in den Hinterkopf oder ins Auge zu rammen, und dann stand ich auf. Ich stand auf dem Brett und fuhr eine Welle hinunter, und das Ganze dauerte vielleicht acht Sekunden, bevor ich hinfiel, aber ich hatte es tatsächlich geschafft. Es war ganz unglaublich.

Nach ein paar weiteren Tagen, ich saß gerade draußen auf meinem Brett, sah ich jemanden ziemlich unsouverän auf mich zupaddeln. Er rutschte andauernd von seinem Brett ab, und bei jeder kleinsten Welle bekam er einen panischen Blick. Als er auf Rufweite herangekommen war, sagte er lächelnd und ganz freundlich guten Tag. Ich drehte mich langsam weg, starrte auf den Horizont und beachtete ihn nicht mehr.

LOB DES SCHATTENS
Japan, 1999

Do you dream in Sony?
Werbeslogan in Tokio

Keep reading Vogue Bambini,
Drink a glass of dry Martini
Kahimi Karie

Schon wieder war es in Bangkok viel zu heiß. Obendrein regnete es fast jede Stunde, dann brach die Sonne wieder hervor,
alles verdampfte, und dann fing es sofort wieder an zu regnen.
Dies machte mich wütend. Nicht nur so halb wütend, sondern richtig mit dem Fuß Türen tretend wütend. Ich war
selbst erstaunt darüber, wie intolerant ich auf einmal geworden war, intolerant den ewig gleichen, scharf gewürzten Suppen gegenüber, und intolerant der nachlässigen Art der Thais,
die mir auf einmal schludrig schienen und unelegant.

Die Mangobäume in meinem Garten blühten viel zu
schnell, ich kam mit dem Beschneiden der Bougainvillea
kaum noch nach. Ich setzte mich, erschöpft, die Gartenschere
in der Hand sinken lassend, auf die kleine Bank im Garten
und dachte darüber nach, was zum Teufel genau mit mir los
war. Am Morgen hatte ich noch aus Wut ein Buch zerrissen,
mein einziges Exemplar von Benjamin von Stuckrad-Barres
ausgezeichnetem *Livealbum*, und die Papierschnipsel wehten
traurig durch den Garten.

Der Rasensprinkler funktionierte nicht richtig, ein krächzender Eisverkäufer fuhr auf seinem blöden Wägelchen vorbei, ein älterer Herr rief über den Zaun, ob ich ihm denn nicht heute endlich seine nordthailändischen Bastwaren abkaufen wolle. Ich konnte genau beobachten, wie die von mir immer sorgfältig gestapelten und verschnürten Ausgaben der *Bangkok Post* wieder einmal von den Müllmännern zusammen mit dem anderen Hausmüll direkt hinten auf den Müllwagen geworfen wurden, und ich konnte tatsächlich die Entropie und das Chaos sehen, wie sie gegen das kleine Gartentor meines Grundstücks brandeten. Ich überlegte noch eine Weile, und dann kam ich drauf. Es war eigentlich sehr einfach: Ich hatte einen Tropenkoller.

Ich sehnte mich nach Pflanzen, die nicht über Nacht, wenn es geregnet hatte, plötzlich doppelt so groß wie am Vortag waren. Ich sehnte mich nach Gebäuden, die mit Sinn und Verstand über Jahre hinweg gebaut waren, und nicht in drei Tagen hochgezogen, hinauf bis zum 36. Stock und dann nicht mehr weitergebaut wurden, aus Geldmangel. Ich sehnte mich nach funktionierenden Toiletten, nach Lichtschaltern, bei dessen nächtlicher Betätigung mit nassen Füssen man keinen Schlag bekam, nach kleinen Portionen sauberen Essens, nach Perfektion, nach sorgfältig durchdachten architektonischen Proportionen, ja, ich sehnte mich tatsächlich nach Ordnung.

Ich beschloß, sofort meine charmante und hochintelligente Begleiterin um Rat zu bitten. Da kam sie auch schon durchs Gartentor. Entzückend anzusehen, wie sie die Auffahrt hochmarschiert kam, den Kopfhörer eines Sony-Walkmans am Ohr, in den Händen irgendwelche Notizen, ein Buch von Yukio Mishima und die *Vogue Italia*. Meine Begleiterin setzte sich neben mich auf die Bank, betrachtete eine Weile mein mißmutiges Gesicht und sagte:

»Mein Lieber, sagen Sie nichts, lassen Sie mich raten. Sie fühlen sich wie Kevin Costner nach Fertigstellung des Spielfilms ›Waterworld‹.« Ich war, gelinde gesagt, erstaunt. Haargenauso fühlte ich mich.

»Nehmen wir mal an«, fuhr sie fort, »Sie wären Kevin Costner. Sie würden immer so gerne Meisterwerke herstellen, verzweifeln dann aber an der Unordnung der Welt, lassen sich ihr Denken kompromittieren, drehen aus Verzweiflung sauteure, miese Schinken wie ›Waterworld‹ oder ›The Postman‹, und weil Sie ihr schlechtes Gewissen darüber so sehr plagt, machen Sie dann schnell wieder einen Film über Baseball. Habe ich Recht?« Sie spielte mit dem großen Zeh im wild wuchernden Rasen herum, der schon wieder drei Zentimeter gewachsen war, seitdem ich das letzte Mal hingesehen hatte. Ich schluckte und nickte.

Sie sagte: »Was Sie brauchen, ist eine Portion melancholische Ordnung. Sie benötigen das genaue Gegenteil des Barocks, also, etwas Frühgotisches, nein warten Sie …« Sie führte Zeigefinger und Daumen der linken Hand an ihre Nasenwurzel und schloß die Augen, hochkonzentriert. »Ich hab's«, sagte sie. »Sie brauchen Zeremonie, Ritual, ganz ähnlich wie es Meister Sen no Ryuku sich erdacht hat, im Jahre 1580. Tee-Zeremonien, Wabi-Sabi, Za-Zen, Miniaturgärten, diese Dinge. Also kommen Sie, wir fliegen zusammen für ein paar Tage nach Japan.«

Wir gingen zusammen ins Haus. Ich war wieder einmal nicht nur erstaunt über die profunde Menschenkenntnis meiner Begleiterin, sondern auch über ihre sich scheinbar endlos ausdehnende Bildung. Ich selbst wußte rein gar nichts über

Japan, außer, daß dort die Schulmädchen ihre Unterhosen an Automatenbesitzer verkaufen. Das Land hatte mich noch nie interessiert. Es war einfach zu weit weg. Meine Begleiterin führte mich nach oben in die Bibliothek, kniete sich auf den Boden und begann, nach einem bestimmten Buch zu suchen.

»Es muß hier irgendwo sein«, sagte sie und wühlte in den Regalen herum. Ich zündete mir eine Zigarette an. »Was suchen Sie denn genau?« fragte ich. »Vielleicht kann ich Ihnen helfen.«

»Nein, nein, nein. Ich suche … ich suche … Junichiro Tanizakis wunderbares Buch »Lob des Schattens«. Es ist ein Standardwerk zum Verständnis japanischer Ästhetik. So ein Mist. Es ist weg«, sagte sie. Ich hatte von dem Buch noch nie gehört. Sie stand auf, wischte sich mit den Händen den Staub von ihren hübschen Knien und meinte: »Egal, wir werden es in Japan kaufen. Dort gibt es das Buch überall. Kommen Sie, mein Lieber.« Und so fuhren wir nach Japan.

Das Flugzeug der All Nippon Airways war von außen in einem eher uninteressanten Blauton gehalten. Normalerweise ist es ja so, daß einem der Flugzeugfarbanstrich schon alles über ein Land verrät, auf synechdochale Weise: Die Thai Airways, zum Beispiel, ist lila und rosa angestrichen, geschwungene, blumenartige Linien deuten auf eine Verspieltheit hin, auf leichte Geschlechterverwirrung der Thais, und suggeriert ein Bündel wohlriechende, fein aufeinander abgestimmte Orchideen. Die deutsche Lufthansa hingegen ist sachlich, außen gelb und nachtblau, innen gelb und grau, und sie vermittelt die kühle Strenge von wasserabweisendem Teflon, von sorgfältig geschrubbten Autobahnen und schlechtgelaunten, hochgewachsenen Blondinen.

Die All Nippon Airways hingegen verriet von außen gar nichts. Auch innen – auf den ersten Blick – ein Rätsel. Die Sitzbezüge waren aus hellbraunem Tweed, ich erschrak beim Einnehmen der Plätze; überall auf den Sitzbezügen klebten, so schien es, kleine bunte Fussel. Es sah, nun ja, schmuddelig aus in der All Nippon Airways. Ich kniete mich hin, untersuchte die Sitze genauer und entdeckte, daß diese bunten Fussel *absichtlich* in den Tweedstoff eingewirkt waren. Es war, als wollte der Designer die Strenge, die Perfektion des Tweeds brechen. Das hieße aber, dachte ich mir, daß es vorher eine Perfektion gegeben haben mußte, einen Purismus, der untergraben werden wollte, ja, daß es von den Japanern als ästhetischer empfunden wurde, die Perfektion selbst wieder ad absurdum zu führen. Sonderbar, dachte ich.

Das Flugzeug hob ab, und unterwegs las ich in der *Herald Tribune*, daß es in der Nähe von Tokio gestern nachmittag einen Reaktorunfall gegeben hatte. Radioaktivität sei aus einem Atomkraftwerk entwichen, mehrere Menschen seien gestorben, Hunderttausende evakuiert, und das Unglück, so war zu lesen, galt als das schwerste der japanischen Geschichte. Wir aßen Thunfisch-Sashimi und flogen ostwärts. Mir war, während es draußen dunkel wurde, als flögen wir in eine verstrahlte Nacht hinein.

Am Flughafen Tokio-Narita dann war alles eigentlich sehr schweizerisch. Es war schon spät, und Menschen in dunkelblauen Uniformen und weißen Handschuhen wiesen die ankommenden Passagiere höflich in sauber portionierte Schlangen. Eine rote Anzeigetafel verkündete, daß Gerhard Schröder als Reaktion auf das Reaktorunglück hier in Japan den Ausstieg aus der Atomkraft für unumgänglich hielt. Nicht wenige Menschen in der Ankunftshalle trugen schneeweiße Mullbinden um Mund und Nase, und mir wurde etwas mulmig, aber meine Begleiterin erzählte seelenruhig, die Japaner mit den Mullbinden hätten keine Strahlenschäden, sondern nur eine Erkältung und würden Mundschutz aus Höflichkeit tragen, um ihre Mitmenschen nicht anzustecken. Das gefiel mir sehr gut. Ich dachte kurz daran, wie viele sichtlich an der Schweinegrippe erkrankte Menschen mir bisher schon in der Berliner U-Bahn direkt ins Gesicht geniest hatten, und mir gefiel Japan immer besser.

Bevor wir in einen Bus stiegen, da ein Taxi in die Innenstadt 450 Mark kosten sollte, machten wir mit meiner hellblauen Hello-Kitty-Kamera und der Polaroidkamera meiner Begleiterin einige Fotos vom Flughafengebäude und wurden von Japanern wie Außerirdische bestaunt. Einige fotografierten uns sogar zurück. Es war ganz wunderbar.

Habe ich schon erzählt, daß ich mir gerade einen Vollbart wachsen ließ? Ich glaube nicht. Jedenfalls stiegen wir in den Bus ein, und ich merkte, wie mein Bart wieder furchtbar anfing zu jucken. Wissen Sie, wie es ist, lieber Leser, wenn man sich einen Vollbart wachsen läßt? Die erste Woche sieht man aus wie Harrison Ford, und danach fängt es an, bestialisch zu jucken und zu kratzen – es fühlt sich so an, als habe man sich einen in Reißzwecken, Cayenne-Pfeffer und Eigelb panierten Topflappen um die untere Gesichtshälfte gebunden. Dann, fünf Tage später, geht plötzlich das Gesicht optisch merklich in die Breite, und man denkt, die Welt riecht plötzlich und aus unerklärlichen Gründen nach Talg – bis man merkt, daß man es selbst ist, der so riecht. Es ist ganz schrecklich. Ich erwähne dies im Rahmen meiner Ankunft in Japan, weil, wenn ich an Japaner denke, ich immer meinen

Lieblingsschauspieler Toshiro Mifune vor mir sehe, als bärtigen Samurai.

Der Bart paßte auch zu meinem Tropenkoller: Einerseits ist so ein Bart natürlich ein Zulassen der Entropie, eine Michael-Jürgsisierung des Selbst, ein Schmutzigwerden, also das genaue Gegenteil von dem, was ich mir von Japan erhoffte, aber andererseits, zwei Worte nur: Toshiro Mifune.

Mit uns im Flughafenbus saßen ungefähr zwanzig Amerikaner, die mit Hilfe einer Art Zeitreise-Tunnel direkt von 1961 in die Gegenwart gekommen waren. Sie trugen alle diesen akkuraten CIA-Haarschnitt, Brillen, karierte Oberhemden, festes no-nonsense Schuhwerk, sie hatten Kugelschreiber in der Brusttasche, graue Haare, und alle zwanzig Amerikaner waren – ich lüge nicht – mit schwarzen, praktischen Reisetaschen der Firma *Eagle Creek* ausgerüstet. Draußen war es dunkel, das nächtliche Japan zog vorbei, und die Autobahn, auf der wir fuhren, sah so aus wie zwischen Hannover und Kassel. Es war wenig glamourös. Ich trank einen Apfelsaft aus einem Tetrapack. Meine Begleiterin, die Japan schon seit ihrer Kindheit kennt, sagte, das Glamouröse müsse man woanders sehen. Wie recht sie damit hatte.

Das Unfaßbare begann jetzt: Meine Begleiterin und ich stiegen aus dem Flughafenbus und traten in die Lobby des *Hotel Okura*. Es war das schönste Hotel, das ich jemals gesehen hatte. Die Lobby, warten Sie, die Lobby war wie eine Mischung aus Hitchcocks Film *North by Northwest*, einem Zen-buddhistischen Tempel, Eero Saarinens TWA-Terminal am New Yorker Kennedy-Flughafen und sämtlichen, noch nicht erschienenen Modestrecken des Magazins *Wallpaper*. Ein dezenter gelber Teppichboden umspielte unsere Füße, großartige Blumenarrangements warfen ihre Schatten auf Wände aus Reispapier. Ich möchte jetzt hier in aller Deutlichkeit sagen: Das *Hotel Okura*, lieber Leser, ist das beste Hotel der Welt. Selbst das *Oriental* in Bangkok wirkt dagegen armselig, barock und geschmacklos.

Ein Fax von Frau Shibata lag an der Rezeption. Frau Shibata war Lektorin bei meinem japanischen Verlag, sie wollte uns morgen gerne treffen. Wir müßten nur an der U-Bahnhofstation Ueno aussteigen und beim großen Plüsch-Pandabär warten. Außerdem erhielt ich als Willkommensgeschenk vom *Hotel Okura* zwei große graue Schuhbeutel aus flauschigem Nicki, versehen mit dem eleganten Schriftzug des Hotels. Eingepackt waren die Schuhbeutel in mehrere Lagen Seidenpapier und einer Schachtel, die man normalerweise zum Verschenken von Zobelmänteln verwendet. Ich nahm meine Schuhbeutel und folgte meiner Begleiterin auf unser Zimmer.

Am Morgen erwachte ich in Tokio, die Vorhänge waren zugezogen, und ich hatte ein Gefühl des Nirgendwoseins. Ich hatte geträumt, ich befände mich auf einer leeren Ebene, der Kopf war ebenfalls leer, und Kevin Costner verfolgte mich durch dieses Nichts mit einer Spritze. Ich stand auf, recht benommen. Mein Bart juckte furchtbar. Auf dem Weg zum Fenster sah ich, daß ich mir am Abend noch die ausliegende Yukata – den japanischen Pyjama – angezogen hatte. Ich öffnete die Vorhänge – vorsichtig, um meine Begleiterin nicht zu wecken, und sah nach draußen.

Ich blickte in einen blauen Herbsthimmel, darunter reihten sich, so weit das Auge reichte, raffiniert gestaffelte Hochhäuser. Ein paar Kraniche zogen am Himmel ihre Kreise. Es war perfekt. Direkt unter mir sah ich einen Garten mit mir in dieser Zusammenstellung unbekannter Vegetation; ein Eichenbaum, dessen Laub sich herbstlich verfärbte und ein paar Latschenkiefern standen neben Palmen und tropischen Pflanzen, die ich nicht erkennen konnte. Alles war aufeinander abgestimmt, selbst das im Gras liegende Laub sah aus, als sei es absichtlich so drapiert worden.

Es schien, als ob dieser erste Ausblick auf Japan wirklich im wahrsten Sinne des Wortes ein Ausblick war, ein zurechtgeschnittenes Rechteck, ein auf eine Leinwand geworfener Kinofilm, ein vom *Hotel Okura* projeziertes Bild, hergestellt allein zur ästhetischen Erbauung. Später sollte ich erfahren, daß ein großer Teil Japans tatsächlich so ist wie ein Bild, ein Blick durch einen rechteckigen Rahmen – von den Manga-Comics zu den frühen Filmen von Ozu und Mizoguchi bis zu den inszenierten kleinen japanischen Gärten, die man am besten, still sitzend, durch das freie Rechteck in einer Reispapierwand betrachtet.

Da meine Begleiterin und ich nie frühstücken, denn morgens essen macht erwiesenermaßen träge und dumm, tranken wir auf dem Zimmer jeder eine starke Tasse Nescafé und marschierten in die Lobby. Wir wollten den Stadtteil Daikanyama sehen, das Greenwich Village Tokios. Es gab in der Lobby einen Tisch, an den man sich setzen konnte, hinter dem saßen vier Assistant Manager, und die halfen einem, wenn man kein Japaner war, etwas in Tokio zu finden.

Die Assistant Manager sahen aus wie alternde Models. Sie hatten graue Haare, es waren zwei Männer im Cut und zwei Frauen, die Kimono trugen. Sie hatten sehr hohe Wangenknochen, waren extrem schlank, und ihre Hände waren vorbildlich maniküt. Immer wenn einer von ihnen etwas auf dem

Tokioter Stadtplan zeigte, und ich mit meinem Finger die U-Bahnlinien nachfuhr, zog ich unwillkürlich meine Hände wieder zurück, da meine neben den ihren aussahen wie die Hände eines mecklenburgischen Schlachters, der sich lange nicht gewaschen hat. Dies, obwohl ich eigentlich ganz hübsche Hände habe.

Ihre Gestik war sparsam und reduziert, es war so ausgezeichnet einstudiert, ich glaube, ich habe noch nie so elegante Menschen gesehen wie diese vier Assistant Manager. Na, jedenfalls zeigten sie uns, wie man vom *Hotel Okura* nach Daikanyama kommt, was wirklich schwierig ist, da Tokio ungefähr achtmal so groß ist wie New York. Wir bedankten uns und liefen auf die Straße. Es war warm draußen, und es roch nach Hot Dogs und sonderbarerweise auch nach Neuschnee.

Unten in der U-Bahn-Station hatte ich große Probleme, überhaupt irgend etwas zu verstehen. Ich hatte meine Begleiterin extra angewiesen, mir dort unten nichts zu erklären, da ich sehr gespannt war auf die Zeichenverwirrung, die mir der »Rough Guide Japan« angekündigt hatte. Ich ging also auf eine Fahrkartenmaschine zu und drückte einen Knopf. Nichts passierte. Es gab ungefähr sechzig verschiedene Knöpfe. Ich fühlte mich wie ein Mongole, der in Berlin am Alexanderplatz ausgesetzt wurde, ohne einen Funken Deutsch. Ich fragte ein junges Mädchen auf englisch, wo die Taste für Daikanyama war. Sie sah mich an, erschrak und rannte weg. Ich ging auf das U-Bahn-Aufsichtshäuschen zu und fragte einen Menschen, der weiße Handschuhe und eine blaue Kapitänsmütze trug, die gleiche Frage. Nichts. Der Mann lächelte, verbeugte sich und ignorierte mich.

Meine Begleiterin stand etwas abseits und beobachtete das Ganze. Ich sah zu ihr hin, etwas hilflos. Sie sagte: »Lieber Christian, wenn Sie Beachtung haben möchten, dann drücken Sie den obersten roten Knopf«, und lief dann schnell eine Treppe hinunter, zur U-Bahn hin. Ich drückte, wie mir geheißen, den kleinen roten Knopf an dem Fahrkartenautomaten, mit einem Satz schnappten alle sechs Automaten in der Reihe zu, alles schaltete sich ab, das Rückgeld der Menschen, die gerade ihre Billets lösten, rasselte aus den sechs Maschinen auf den Boden, ein grünes Stroboskop begann zu leuchten und zu blinken, und der Wächter mit der Kapitänsmütze schwang sich wütend aus seinem Wärterhäuschen, kurz, es entstand ein riesiges Hullabaloo.

Ich zögerte nicht lange, sondern sprang mit einem Satz über die Schranke und rannte meiner Begleiterin hinterher die Treppe hinunter. Sie stand auf dem Bahnsteig und betupfte sich mit dem Knöchel des Ringfingers ihrer rechten Hand ihr tränendes Auge. Die U-Bahn kam, und wir stiegen ein und setzten uns. Ich zog die Augenbrauen hoch. »Sehr amüsant, wirklich«, sagte ich. »Ach, seien Sie nicht so sauer«, sagte sie. »Kommen Sie, lassen Sie uns die Passagiere beobachten.«

Die Hälfte der Passagiere schien zu schlafen. Es waren alle *Salarymen*, auf dem Weg zur Arbeit oder nach Hause, die die letzten zwölf Stunden durchgearbeitet und danach noch drei unbezahlte Überstunden gemacht hatten. Ihre Köpfe fielen immer nach vorne oder zur Seite weg. Überhaupt schienen sehr viele Menschen in Japan zu schlafen – auf Bänken, in Bussen, an den Haltestellen, und dies verlieh dem Land eine sehr sanfte Melancholie.

Die Passagiere, die nicht schliefen, waren alle jung und auffallend modisch, will sagen, wohlüberlegt gekleidet. Diesen Herbst muß es in Tokio einen Revival des Geek-chic gegeben haben, kombiniert mit einer ironischen Wiederaufbereitung aller modischen Irrtümer deutscher Kirchentagsbesucher Mitte bis Ende der achtziger Jahre. Die jungen Japaner trugen sowohl flapsige *Earth Shoes*, als auch grausige Sandalen aus hellbraunem Leder, Mephisto-Shuhe, braune kratzige Pullunder, mit Hansaplast zusammengeflickte Kassenbrillen und nicht wenige von ihnen hatten Wandergitarren um den Rücken geschnallt. Sie sahen alle aus, als würden sie zusammen mit Damon Albarn zu einem »Herr der Ringe«-Leseabend in einer Teestube gehen.

In Wirklichkeit fuhren sie aber alle, wie wir, in den Stadtteil Daikanyama, dem oben erwähnten Notting Hill Tokios. Der Zug hielt an der Station, und alle Jugendlichen stiegen aus, mit ernsten Gesichtern, und dabei fiel mir auf, wie ernst gemeint ihre modischen Statements waren, wie wenig verspielt, wie perfekt ausgedacht und zusammengestellt das alles war – hier in Japan hatte Mode offenbar noch den Gestus des Auflehnens, und nicht, wie in Europa, ironisches Dauerzitieren und ermüdende Spielerei.

Daikanyama selbst war ein durch und durch hübsch anzusehender Stadtteil – sofort würde man dort gerne hinziehen. Es war hügelig, die Sonne schien, es gab Galerien, Obststände, indische Restaurants, Straßencafés, vor denen kettenrauchende Japaner saßen und lasen und die wohl weltweit größte Dichte an Bekleidungsgeschäften der französischen Marke A.P.C.

Meine Begleiterin und ich gingen in eine internationale Buchhandlung, suchten Junichiro Tanizakis »Lob des Schattens«, fanden das Buch nicht, gingen zu A.P.C., wo meine Begleiterin das Schnee-Tarnfarben-Klebeband kaufte, das man leider nur in Japan bekommt, wir aßen Croissants und spazierten vergnügt durch die Straßen. Um ein Haar vergaßen wir dann den Termin mit meiner Lektorin, Frau Shibata, die uns ja an der U-Bahnhaltestelle Ueno treffen wollte, beim großen Plüsch-Pandabären. Japaner, so scheint es, verabreden sich gerne an auffälligen Orten, da mit einer Hausanschrift niemand etwas anfangen kann, nicht einmal Taxifahrer.

In der U-Bahn nach Ueno sah ich plötzlich einen Mann sitzen, der ein weiser Style-Gott zu sein schien. Er hatte raspelkurzes, graues Haar, war sehr dünn, braun gebrannt und trug einen abgewetzten hellgrauen Tweedanzug, der ihm ein bißchen zu groß war, sein linkes Hosenbein war ein Stückchen hochgerollt. Er trug keine Socken, seine Füße steckten in hellbraunen, scheinbar handgemachten Lederschuhen. Sein verwaschenes Oberhemd war einmal hellblau gewesen, nun deutete nur noch ein letzter Hauch von Farbigkeit darauf hin. Er hatte eine Plastiktüte dabei, und seine Erscheinung wirkte auf mich genauso wie die Sitzbezüge der All Nippon Airways: Es war, als stelle er bewußt die Perfektion in Frage, als weise er durch seinen Kleidungsstil auf die Vergänglichkeit des Lebens hin.

Ich beobachtete ihn lange, denn er schien ein großer Ästhet zu sein, er strahlte Ruhe und Würde aus. Ich machte meine Begleiterin durch versteckte Handzeichen auf ihn aufmerksam. Sie sagte »Nein, er ist ein Mann, der nach dem Platzen der japanischen *Bubble-Economy* seine Arbeit verloren hat, nun aber trotzdem in einem Anzug jeden Tag die Strecke zur Arbeit abfährt, weil er die damit verbundene Schmach nicht ertragen kann. Er ist ein Ausgestoßener aus der Gesellschaft. Bei uns in Deutschland würde man sagen: Er ist ein Penner. Sehen Sie, wie sich keiner neben ihn setzt, wie er gemieden wird? Die Japaner spüren das Ausgestoßensein. Es macht ihnen Angst.«

Tatsächlich blieben die Sitzplätze links und rechts von ihm frei, obwohl die U-Bahn ziemlich voll war. Ich mußte, so sah ich, noch sehr viel lernen.

Frau Shibata war eine kleine, sehr angenehme junge Frau, die schwer atmend unter dem Plüsch-Pandabären stand. Sie war extra gerannt, um nicht zu spät zu kommen, und als sie uns kommen sah, verbeugte sie sich mehrmals und wir verbeugten uns auch, und dann nahm sie uns mit in ein Restaurant.

Es war ein altes, traditionsreiches Restaurant, das die Küche der Meiji-Zeit nachkochte – Rezepte aus der Jahrhundertwende, in denen sich Japan erstmals den Einflüssen des Westens öffnete. Es galt, so erzählte uns Frau Shibata, damals als schick, die schwere französische Kost japanisch zu interpretieren, und so aßen wir ausgezeichnete Speisen, die allerdings wirklich um 1890 in Paris hätten zubereitet werden können: zartes Rindfleisch in brauner Soße mit gekochten Erbsen und Möhrchen, Austern mit Käse überbacken und Schnecken in Knoblauchbutter.

An den Wänden hingen kupferfarbene, leuchtende Kasserolen, und die Decken waren mit braunem Fachwerk beklebt, und wäre man nicht im dritten Stock eines Hochhauses im Stadtteil Nihombashi und säßen um einen herum nicht lauter Japaner vor 1200-Mark-Flaschen mäßigem Rotwein, dann hätte es wirklich ein Landgasthof in Frankreich zur Zeit Marcel Prousts sein können. Daß die französische Küche meiner Meinung nach um die Jahrhundertwende nicht unbedingt zu den großen Weltküchen gehörte, und deswegen nicht wirklich interpretationswürdig war, trotz Köchen wie Escoffier, soll Sie, lieber Leser der *Welt am Sonntag*, nicht weiter verwirren und langweilen.

Frau Shibata erzählte noch einiges mehr in ihrer leisen, freundlichen Stimme, und wir plauderten einige Stunden über dies und jenes, wir erzählten ihr von Junichiro Tanizakis Buch »Lob des Schattens«, das sie nicht kannte, und sie erzählte uns von Salzburg, der schönsten Stadt der Welt, und als wir uns voneinander verabschiedeten, reichten wir uns die Hand und aus irgendeinem Grunde hatten alle einen Kloß im Hals. Abschiednehmen, so schien es, war für Japaner etwas Wunderschönes, einfach weil es so traurig ist. Frau Shibata stand in der U-Bahn und winkte uns durch das Fenster des abfahrenden Zuges, und eine silberne Träne, so glaubte ich zu sehen, rollte ihr die Wange herab.

Am nächsten Morgen hatten wir einen Termin bei der Weltfirma Sony. Ich wollte unbedingt den Roboter-Hund Aibo sehen. Der Aibo kostet 5.000 Mark und war in Japan innerhalb zwanzig Minuten komplett ausverkauft, aber Sony hatte noch einen Aibo übrig, damit ich für die Leser der *Welt am Sonntag* dieses Ding beschreiben kann. Also: Den Aibo muß man sich wie ein sich frei bewegendes Tamagotchi vorstellen, wie ein Haustier, das man durch Lob, Schimpfe, Haue und Futterentzug erziehen kann. Nur ist der Aibo aus silberglänzendem Hartplastik, und er hat grün leuchtende Augen, und wenn er sauer ist, dann werden seine Augen rot. Ich kann den Kauf des Aibos sehr empfehlen, er wird bald auch in Europa erhältlich sein. Nebenher erfuhr ich noch einige Dinge über die Firma Sony, die ich ja über alles liebe, aber nie genau festmachen kann, warum.

Also, der Einfachheit halber gebe ich das Gespräch mal gleich so wieder, wie es stattgefunden hat. Wir saßen in einem mit braunem, fünf Zentimeter hohen Flausch-Teppich ausgelegten Konferenzzimmer in der Sony-Zentrale Japan. Vor uns auf dem

Marmortisch zeigte der Roboter-Hund Aibo Kunststückchen. Er spielte mit einem grellrosafarbenen Gummiball, den ihm der gutgekleidete PR-Mensch immer wieder wegnahm.

KRACHT: Sagen Sie bitte, warum ist Sony so cool?

SONY: Weil wir niemals Marktforschung machen.

KRACHT: Nein!

SONY: Oh doch. Wir denken uns etwas aus, bringen es auf den Markt und erschaffen so den Markt dafür. Und da wir den Markt selbst erschaffen, erschaffen wir auch die Nachfrage. Diese halten wir dann gesteuert hoch, weil wir ein Produkt nur in geringer Stückzahl produzieren, wie zum Beispiel den Aibo-Hund.

KRACHT: Und das funktioniert?

SONY: Wie Sie sehen, sehr gut.

KRACHT: Aber das ist doch ein Schlag ins Gesicht für Marketingabteilungen und Meinungsforschungsinstitute weltweit.

SONY: Ja nun.

KRACHT: Meinungsforschungsinstitute in Deutschland beauftragen ja immer Studenten, die die Fragebögen selbst ausfüllen, anstatt sie zu verteilen, oder sie geben sie gleich an Penner zum Ausfüllen und versprechen ihnen dafür eine Gulaschsuppe und ein Bier.

SONY: Das mag in Deutschland so sein.

KRACHT: Nehmen wir einmal den Sony-Walkman. 1979 erfunden, schuf er die Möglichkeit, sich Musik hörend durch die Welt zu bewegen ...

SONY: ... Den Walkman hat sich unser leider gestern verstorbener Vorsitzender Akio Morita ausgedacht, weil er auf Reisen gerne Musik hören wollte ...

KRACHT: ... ja, um sich eben auf Reisen oder Fahrrad fahrend ein imaginäres Musikvideo vor den Augen abspielen zu lassen. Und fast genau zeitgleich entstand das Genre des Musikvideos selbst.

SONY: Ähnlich wie der Markt erschaffen wird, wird die Welt erschaffen.

KRACHT: Erst das Abbild, und dann das Bild.

SONY: Wenn Sie es so sehen möchten, bitte sehr. Meistens funktioniert es so: Sony kommt in einen Markt hinein, auf dem unsere Firma überhaupt nicht präsent ist, und erobert diesen Markt.

KRACHT: Sie meinen, wie es beim *i-mac* geschehen ist. Allein durch die Verpackung, durch die Form, die, äh, Transzendenz.

SONY: Es ist ein ähnliches Phänomen wie bei Macintosh. Der Sony Vaio …

KRACHT: … dieser kleine, silberne, sehr elegant aussehende Laptop …

SONY: … beherrscht plötzlich, aus dem Nichts kommend, ein gutes Viertel des gesamten japanischen Laptop-Marktes, obwohl Sony noch nie davor im Laptop-Bereich präsent war.

KRACHT: Da ich in Thailand lebe und mir dort perfekte Kopien der Sony Playstation und raubgepreßte Kopien aller für Sony lizensierten Spiele für zwei Mark das Stück kaufen kann, hätte ich noch gerne gewußt, wie Sie diese Tätigkeiten unterbinden wollen, in Thailand und besonders in China.

SONY: Nun, wir können Druck auf die Regierungen ausüben.

KRACHT: Sie können, als Konzern, ganze Regierungen verklagen?

SONY: Nein, natürlich nicht, wir können nur nach jeweiligem Landesrecht handeln. Wir können jedoch sehr intensive Lobbyisten-Arbeit verrichten.

KRACHT: Aha.

Ja, so war es bei der Weltfirma Sony, es ist kein Wort erfunden, und ich liebe Sony jetzt noch mehr, obwohl ich den Aibo nicht geschenkt bekam, damit ich dies hier schreibe, und keinen Minidisc-Player und gar nichts, außer einem Foto, das der Sony-PR-Mensch von mir anfertigte. Ich bin darauf zu sehen, wie ich, einen Vollbart tragend, unter der zusammenbrechenden Tsunami-Welle aus Hokusais berühmtem Gemälde *A view of Mount Fuji* stehe. Es ist ein Trickbild, und im Hintergrund, sehr klein, leuchtet der erhabene Berg Fuji, das heilige Matterhorn der Japaner. Hokusai, der Anfang des 19. Jahrhunderts lebte, hatte eigenhändig das *Manga* erfunden, das, was die Franzosen *Bandes Dessinés* nennen und die Angelsachsen *Comic-Strips*, einen mit starken schwarzen Umrandungen gezeichneten Stil aufeinanderfolgender Bilder, ohne den wohl nicht nur die gesamte Moderne in der Malerei gar nicht möglich gewesen wäre, das wäre für mich persönlich nicht so schlimm, aber auch Hergés Comic-Reihe Tim & Struppi nicht, und das wäre wirklich eine Katastrophe.

Wenig später setzten meine Begleiterin und ich uns in ein Zweite-Klasse-Abteil des Shinkansen, in die Urmutter des ICE und des TGV, um südwestlich von Tokio am Mount Fuji vorbeizurasen. Auf dem Bahnsteig gab es große, gut ausgeleuchtete Geschäfte, in denen man sich für die Bahnfahrt fangfrisches Yellowtail-Sashimi kaufen kann und das ausgezeichnete isotonische Getränk *Pocari Sweat*, und ich verglich das Angebot mit den schrumpeligen, leicht nach Babykot riechenden sechs Nürnberger Rostbratwürstchen zu zwölf Mark, die man als Wegzehrung in deutschen Zügen reicht, und ich muß sagen: Es stand fünf zu null für Japan.

Der Shinkansen fuhr los, alle Japaner steckten sich Zigaretten an, und wir verließen Tokio. Die Häuser wurden niedriger und kleiner, es ging durch endlose Vororte, und wieder sah ich Kraniche, die am Himmel flogen, neben den Gleisen. Es war bewölkt. Meine Begleiterin schlief. Sie hatte mich gebeten, sie zu wecken, wenn wir am Berg Fuji vorbeifuhren. Dicke graue Regenwolken verschleierten den Ausblick, Fuji war nicht zu erkennen, ich ließ sie schlafen.

Ich möchte Sie, lieber Leser, nun behutsam in die zweitschönste Stadt der Welt führen. Stellen Sie sich eine Stadt vor, die in einem weiten, großzügigen Tal liegt, umringt von Hügeln, an dessen Hängen Kiefern wachsen und kleine Bambushaine. Ein sauberer Fluß schlängelt sich durch die Stadt, links und rechts dieses Flusses sitzen junge, gutaussehende Japaner und angeln oder führen ihre Hunde spazieren, und diese Szenerie zumindest erinnert Sie sofort an München, an die Isarauen im goldenen September. Die Mehrzahl der Menschen in dieser Stadt fährt auf Fahrrädern umher, denn die Stadt ist nicht groß, sie fahren über elegante Brücken, an Bäumen vorbei, deren Blätter rot und gelb leuchten, und am Wochenende fahren die Einwohner in die nahen Hügel rund um die Stadt, zu hölzernen Tempel-Schreinen und Ausflugslokalen und zu schattigen Biergärten mitten im Wald. Sehen Sie die Stadt vor sich?

Es ist Kyoto, einst Kaisersitz, Zentrum der japanischen Macht und heute Projektionsfläche für das Japanische an sich, als habe man Heidelberg, Rothenburg ob der Tauber und Münchens Viktualienmarkt zusammengebacken und aus dem Kuchen Deutschland formen wollen, ein ironisches, selbstreferentielles Deutschland, kitschig, romantisch und unendlich schön – ein bißchen, natürlich, wie das japanische Bild von Deutschland.

Meine Begleiterin und ich wohnten im *Ryokan Kinmata*, einer traditionellen japanischen Herberge mit nur sechs Zimmern. Die Wände waren aus Reispapier, und wenn nachts jemand im Schlaf hustete, dann hörte man es im ganzen Haus. Es gab strenge Regeln zum Bewohnen des *Kinmata*: Verschiedene Hausschuhe mußten beim Betreten bestimmter Bereiche angezogen werden – dunkelbraune, winzige Lederlatschen in den Gängen, weiche Stoffschühchen im Badezimmer, hölzerne Pantinen im Miniaturgarten, und die Schlafzimmer selbst durften nur strumpfsockig betreten werden. Im Hotel trug man nur die Yukata, dieses angenehm kühle, morgenmantelähnliche Gewand, man sprach sehr leise miteinander und es roch im ganzen Hotel wie in den Schweizer Berghütten meiner Kindheit – nach Sonne auf altem Holz und nach Staub.

Abends wurde uns auf dem mit Tatami-Matten ausgelegten Schlafzimmerfußboden ein Kaiseki-Mahl serviert, ein vier Stunden andauernder Reigen abstrusester Kleinstspeisen, die nacheinander in schwarzen Lackschachteln gebracht wurden. Meine Begleiterin erklärte mir die Zutaten, die zumeist vegetarisch waren, bis auf einen auf einer Art Bronzeteller kunstvoll drapiertem Fischkopf, von dem man nur die Kiemen und die Augen essen sollte. Am besten gefiel mir das Yoba-Dofu, ein Klacks zähe Sojabohnen-Paste, die, zum Munde geführt, ellenlange Fäden zog und dann innendrin den Gaumen fast vollständig mit der Zunge verleimte, als sei Yoba-Dofu eine Mischung aus Erdnußbutter, Tintenfisch und Sekundenkleber.

Der Besitzer des *Kinmata* Hotels lieh mir sein Fahrrad, seine Tochter lieh meiner Begleiterin ihres, und so radelten wir durch die Gassen Kyotos, und bei einer Rast in einem Bier-

garten nahm ich mir einen Bleistift und fertigte eine kurze
Liste an:

KYOTO =
40% MÜNCHEN
25% SAN FRANCISCO
8% DUBROVNIK
12% BERN
15% HEIDELBERG

Die Sonne schien durch das Laub auf den Holztisch vor uns,
ich bestellte mir ein Asahi-Super Dry-Bier und dachte an meinen japanischen Übersetzer Herrn Professor Ochi, den wir
vorgestern auf dem Weg nach Kyoto hatten kennenlernen
dürfen. Er hatte dafür gesorgt, daß mein nachdenklicher Best-
seller *Faserland* in Japan erschienen war, ähnelte in Wesen und
Erscheinung meinem großen Helden Toshiro Mifune und
trank Sake wie ein Verdurstender.

Er unterrichtete unter anderem feministische Theorie an
der Universität Nagoya, wir hatten uns zum Abendessen in
einer Art unterirdischem Subversiv-Bistro verabredet, und
irgendwann erzählte er, die japanische Kultur sei zutiefst
weiblich. Er zitierte Julia Kristeva und Andrea Dworkin,
spielte uns ein Stück von seiner gerade erschienen Blues-CD
vor – Professor Ochi interpretierte darauf Muddy Waters –
und war überhaupt ein ganz famoser Mensch. Außerdem
habe er, so erzählte er, damals ein Abonnement der ausgezeichneten Zeitschrift *Tempo* gehabt. Meine Begleiterin und
ich sprachen über unsere Hochachtung vor Takeshi Kitano,
dem berühmten japanischen Regisseur und Schauspieler,
und wir erfuhren, daß Takeshi Kitano in Japan mehrere

Game-Shows moderierte und hierzulande eher als Witzfigur galt.

»Dasch kann doch gar nicht schein«, sagte ich. Meine Zunge lag von dem vielen Sake wie ein angeschwollener, gepökelter Fisch in meinem Mund.

»Oh doch. Wissen Sie, Takeshi Kitano nimmt hier niemand wirklich ernst«, erwiderte Professor Ochi, trank einen Schluck Sake und warf eine gesalzene Lotuskapsel hinterher.

»Aber Kitano ischt doch ein Meischter«, rief meine Begleiterin, und ich sah zu meiner Zufriedenheit, daß sie ebenfalls mit dem Sprechen Probleme hatte. »Er zcheigt die klassischen japanischen Themen – Gewalt und Schönheit – und verweischt auf die Unmöglichkeit des Kunschtbegriffs in der Moderne. Er ischt der japanische Martin Scorcschese, meinen Schie nicht?«

Professor Ochi lächelte und sagte dann etwas sehr Weises: »Das Phänomen Takeshi Kitano, das heißt, die Attraktivität dieses Menschen auf Gaijin-san, auf Ausländer wie Sie, läßt sich ungefähr damit vergleichen, als sähe ein Japaner in Japan alle Wim-Wenders-Filme und denke nun, er habe die moderne deutsche Kultur verstanden. Takeshi Kitano ist eher der japanische Doris Dörrie.«

Das haute uns um. Aber es war natürlich richtig. Professor Ochi grinste in seinen Bart, um uns herum nahmen wir jetzt erst das dutzendstimmige Gebrabbel ganz ähnlicher Diskussionen wahr; das Underground-Bistro war ein beliebter Studententreff, und Herr Ochi saß mitten drin und war, wie immer, in Hochform.

Trotzdem, trotz seines Lächelns schien er, wie alle Japaner, zutiefst traurig. Melancholie umgab ihn wie ein Gazevorhang. Es schien, und nun, falls er diese Zeilen jemals lesen wird, bitte ich ihn um Verzeihung, es schien, als sei das Leben zu schnell an ihm vorbeigelaufen. Kaum hatte er es festhalten können, da war es schon vorbeigeflogen, er wirkte, als habe er, wie Woody Allen Kenneth Branagh in seinem Spielfilm *Celebrity* sagen läßt, nur kurz geblinzelt, und schon waren zehn Jahre vergangen.

Na jedenfalls sind die Japaner das nostalgischste, melancholischste Volk der Welt, und Professor Ochi machte da keine Ausnahme. Beim Abschied fragten wir ihn noch, ob er uns sagen könne, wo wir Junichiro Tanizakis Buch »Lob des Schattens« kaufen könnten, und er sagte uns, listig blinzelnd, er habe noch nie davon gehört.

Wir verabschiedeten uns also und fuhren nach Kyoto, und da waren wir jetzt – im Biergarten. Die Sonne ging unter, ein kühler Wind kam auf, und es war, als ob nun der Herbst käme, der wirkliche Herbst. Es war unser letzter Abend in Japan, und wir fuhren fröstelnd auf unseren Fahrrädern durch die sich verdunkelnde Stadt. Meine Begleiterin wollte mir noch etwas zeigen – eine Bar, ohne die der Besuch in Japan nicht vollendet wäre. Wir hielten vor einem sehr unscheinbaren Wohnblock und parkten unsere Fahrräder neben einem guten Dutzend Lambrettas und Vespas. Ein enger Fahrstuhl beförderte uns in die *Weller-Bar*, in einen kleinen, gut eingerichteten Klub, wie er überall auf der Welt hätte sein können.

Die jungen Japaner, die dort saßen und tranken, waren alle exakte Kopien des britischen Popstars Paul Weller. Jeder hatte sich eine bestimmte Weller-Phase ausgesucht; es gab gleich zwei Paul Weller als Mitglied von The Jam, es gab einen Weller zur Style-Council-Zeit, komplett mit weißem kurzem Trenchcoat von Acquascutum, einen Weller als Capuccino Kid, einen Weller zur Zeit seines revisionistischen, ironischen

West-Coast-Sound-Albums »Wild Wood«, und der japanische Barmann selbst war Weller als alternder, fast schon peinlich gewordener Mod-Onkel, dem keine Songs mehr einfielen. Der Barmann lehnte sich über die Theke und flüsterte in ausgezeichnetem Cockney, daß sie in der *Weller-Bar* leider nur Lager oder Stout hatten. Das war zuviel. Die Drehung der Schraube war zu perfekt. Ich konnte nicht mehr. Schnell zurück nach Thailand.

Junichiro Tanizakis Buch »Lob des Schattens« bestellte ich dann bei *amazon.com* im Internet. Es kam vier Tage später mit der Post. Ich las es auf der kleinen Bank im Garten, die Pflanzen waren in den paar Tagen fast zwei Meter gewachsen, und ich ließ sie einfach wuchern. Und da Kyoto, wie gesagt, die zweitschönste Stadt der Welt ist – wissen Sie auch, welche die Schönste ist? Ganz einfach: Bangkok.

DER DOKTOR, DAS GIFT
UND HECTOR BARANTES
Indonesische Molukken, 1996

Für Charles Sobhraj

Dezember 1971
Port Blair, Indian Andaman Islands

»Gott, wie unangenehm«, dachte der Doktor, und fast hätte er es laut gesagt. Er schob sich eine Dörrpflaume in den Mund, dachte an sein Leben, kaute auf der Pflaume herum und schluckte den Brei herunter. Es schmeckte grauenvoll. Er hatte Dörrobst schon immer gehaßt.

Vor ihm lag das Meer. Er saß auf einer Hotelveranda fünfzig Meter über dem Ufer, am Rand eines Abhangs. Die Tische auf der Veranda waren mit roten Decken überzogen, und es windete heftig von See her. Er war sehr betrunken. Diesmal sagte er es laut: »Gott, wie unangenehm.« Er sah sich schnell um, aber er war allein. Die Terrasse war vollkommen leer. Er hörte weit entfernt jemanden lachen, aber das galt nicht ihm.

Der Doktor hatte vor einem Jahr seinen Lehrstuhl an der Indonesischen Universität Banda Neira auf den Molukken aufgeben müssen. Es war, vorsichtig ausgedrückt, zu unschönen Szenen gekommen. Die Fakultät hatte später behauptet, es sei mit absoluter Sicherheit Heroin im Spiel gewesen, und ganz schnell fanden sich kleine Buben, an deren Körpern die besorgten Eltern bestimmte Merkmale entdeckt hatten, blaue Flecken und sogar Wunden im Afterbereich.

Diese seien zwar rasch wieder verheilt, so daß eine spätere Prüfung durch die unabhängige Kommission absolut keine Beweise erbrachte, aber die kleine Molukkengemeinde hatte sich ohnehin schon entschieden.

Der Doktor saß auf der Veranda des Hotels und dachte nach. So war es damals passiert: Ein Kollege des Doktors, bei einem freundschaftlichen Hausbesuch für ein paar Augenblicke allein gelassen, weil man den Doktor am Telefon verlangte, inspizierte rasch den Bücherschrank. Das Buch »Der Garten der Qualen« von Octave Mirbeau verschwand unter dem Hemd des Kollegen, dieser verabschiedete sich schnell unter einem Vorwand, obwohl der Tee des Doktors genau in diesem Moment fertig wurde.

Die Tür schlug zu, und der Doktor stand nun dort in seinem Wohnzimmer, mit verdutztem Gesicht, eine Augenbraue hochgezogen, zwei Tassen dampfenden Tees in der einen Hand balancierend, in der anderen den Telefonhörer, im Ohr noch die unsinnige Ausrede, man habe sich verwählt (es gab auf der Insel nur neun Telefonanschlüsse), nicht im geringsten ahnend, daß der Rat der Insel schon längst seinen Ausschluß aus der Gemeinde beschlossen hatte und daß das entwendete Buch von Mirbeau, welches zu lesen sich niemand die Mühe machte, der endliche Beweis seiner Schuld sein sollte.

Das war die Oberfläche der Dinge. Was war wirklich gewesen? Je länger der Doktor auf der Hotelveranda saß und darüber nachdachte, um so weniger wußte er es. Nicht, daß er sich nicht mehr erinnern konnte, sondern seine Gedanken verhedderten sich. Es gab keine Klarheit mehr in seinem Kopf. Nichts war mehr sauber und ordentlich. Nur noch das Gefühl größter und nicht enden wollender Peinlichkeit umgab ihn.

Noch mal also: Der Doktor hatte am darauffolgenden Tag Indonesien verlassen. Sie hatten ihm sogar den Flug bezahlt. Zum Flugplatz war niemand gekommen, ihn zu verabschieden. Bem-Pang nicht, der abends oft den Doktor besucht hatte, um ihm die Füße zu massieren, und auch Pornthep nicht, der immer frische Blumen vorbeigebracht hatte und manchmal auch eine Flasche Arrak, die die beiden stehend auf seiner Terrasse geleert hatten, wortlos in die schwüle Dämmerung starrend, bevor sie zusammen hineingegangen waren. Nur ein paar Soldaten standen damals auf dem Flugfeld, in lächerlichen giftgrünen Plastikbadelatschen. Ihre veralteten Gewehre trugen sie über der Schulter. Sie zogen gelangweilt an ihren Nelken-Zigaretten, so als ob sie nur ganz beiläufig überprüfen wollten, daß der Doktor auch wirklich in die Maschine steigen würde. Als das Flugzeug dann kam, lief der Doktor über das Rollfeld, und er roch den nahen Urwald, und er schniefte vor Wut, weil er sich so schämte.

Über Bangkok flog er nach Kalkutta. Dort blieb er ein paar Tage, besorgte sich im städtischen Krankenhaus fünfzig Ampullen Morphium und flog dann, einer Eingebung folgend, nach Port Blair, auf die indischen Adamanen-Inseln.

Es war trostlos dort. Die Inseln erinnerten ihn in ihrer Einöde und Abgeschiedenheit an Banda Neira, und das gefiel ihm. Die Andamanen waren grün, grüne häßliche Flecken im riesigen Meer. Abends windete es, und er fuhr mit einem Taxi zu dem Hotel an der Steilküste. Dort auf der Veranda trank er einen Schnaps nach dem anderen, starrte auf die rote Tischdecke und dann wieder hinaus auf See.

Er bat um Salznüsse zum Schnaps, aber jeden Abend brachte ihm der hübsche, junge, indische Kellner Dörrpflaumen. »Is very good for bowel movement«, sagte der Kellner, wiegte den Kopf hin und her und stellte ihm die Schalen auf den Tisch. Es war wirklich trostlos. »Gott, wie konnte das alles bloß passieren?« sagte der Doktor laut, und er schüttelte dabei den Kopf, und das machte ihn noch betrunkener. Wieder lachte jemand, und er drehte sich um, aber es war niemand zu sehen.

Seit dem Skandal auf Banda Neira war fast ein Jahr vergangen. Solange war er schon auf den indischen Andamanen. Ausländer durften eigentlich fünfzehn Tage auf den Inseln bleiben, aber der Doktor hatte ein Abkommen mit dem Polizeichef: Alle zwei Wochen bekam er einen Ausreisestempel in seinen Paß, ein Fischer fuhr ihn dann hinaus auf See, jenseits der Drei-Meilen-Zone, dort betranken sich die beiden, und früh morgens fuhr ihn der Fischer zur Hafenmole von Port Blair zurück, wo der Doktor vom Polizeichef einen Einreisestempel bekam. Dafür erhielt er eine Flasche Johnny Walker Black Label und zwei Ampullen Morphium.

Der Doktor war schon mehrmals zurück nach Kalkutta geflogen, um in der Nähe der Sudder Street neue Ampullen zu besorgen.

Irgendwann hatte er mit einem Sikh einen Tauschhandel angefangen: Morphium gegen Heroin, das er bei einem moslemischen Tuchhändler gegen Waffen eintauschte. Nichts Außerordentliches, ein paar Revolver, hier und da ein altes Gewehr, einmal eine Maschinenpistole. Die Waffen wiederum brachte er zusammen mit dem Fischer, der ihn alle zwei Wochen auf hohe See fuhr, zu den Eingeborenenstämmen weit draußen, auf den äußersten Inseln des Archipels, die irgendeine Art Aufstand planten gegen die indische Regierung der Inselhauptstadt.

Ab und zu verschnitt er das Heroin mit einer Mischung aus seiner Zahnpasta und billiger Seifenlauge. Er hatte kein schlechtes Gewissen, nur manchmal dachte er zurück an seine Abende mit Pornthep, an diese ruhigen Nächte in der Banda-See, und dann haßte er sich und das, was er hier jetzt tat, an diesem gottverlassenen grünen Flecken. Er hatte einmal einen Lehrstuhl gehabt. Gott, und hier auf den Andamanen stellte er sich niemandem mehr als Doktor vor, aus Angst, sein Ruf könne ihn einholen. Manchmal haßte er alles so sehr, daß er sich alleine bis zur Bewußtlosigkeit betrank und sich dann, kurz vor dem Umfallen, noch eine Nadel mit Morphium in die Kniekehle schob. Dann mußte er nicht mehr denken, nur noch schlafen.

Der Doktor hatte schon einmal in Indien gelebt, Anfang der sechziger Jahre, und er war damals mit Allen Ginsberg und dessen Freund Peter Orlovsky durch die Heroinhöhlen Kalkuttas und Bombays gezogen. Ginsberg war ein furchtbarer Langweiler gewesen, der schlechte Gedichte schrieb, einen verlausten Bart trug und aus dem Mund roch. Er und Orlovsky erzählten den ganzen Tag lang, wieviel besser Tanger doch sei, und wieviel anschmiegsamer und sauberer die dortigen Knaben seien, und so weiter.

Der Doktor konnte es nicht mehr hören, und er verlor die beiden absichtlich aus den Augen, bei Benares. Er sah sie noch einmal wieder, Monate später, in einem Massagesalon für Männer in Madras, und als sie auf ihn zukamen, legte er sich schnell ein Handtuch über das Gesicht und murmelte ein Gebet auf Hindi. Sie sprachen ihn nicht an.

Monate später hatte er in der Bar des *Taj Mahal Hotel* in Bombay Moravia und Pasolini getroffen. Die beiden hatten gerade furchtbaren Streit, und die Anwesenheit des Doktors war für Pasolini eine willkommene Gelegenheit, vor einem anderen über Moravia herzuziehen.

»Was für ein Waschweib«, wiederholte Pasolini immer wieder. »Meine Güte, was für ein jämmerliches Waschweib.« Der Doktor betrank sich an diesem Abend so sehr, daß ihn Pasolini mit einem Taxi ins Krankenhaus fahren mußte. Er hatte tatsächlich eine Alkoholvergiftung. Die beiden sah er nie wieder.

Einmal, Jahre später, bekam er eine Postkarte von Alberto Moravia aus Acapulco, voller Platitüden über das Wetter und über die knackigen jungen Felsenspringer dort, und Moravia hatte mit »Herzlichst, das Waschweib« unterschrieben, und der Doktor hatte darüber sehr lachen müssen. Damals war Pasolini schon ermordet worden. Die Postkarte vergaß er leider in einer Bibliothek in Bombay, zwischen den Seiten eines Buches über Statik und Brückenbau.

Danach lebte er einige Jahre in Thailand, zuerst in einem kleinen Dorf in der Nähe von Chiang Rai, im goldenen Dreieck, und dann, als ihm das Klima und die sich ständig wiederholenden Malariaanfälle in die Knochen schlichen, zog er nach Bangkok. Seine Haut hatte dort oben einen Gelbstich bekommen, und das Weiße in seinen Augen war ebenfalls fast Dottergelb. In Bangkok ließ er sich behandeln. Er hatte zu dem Zeitpunkt nicht nur Malaria, sondern auch Hepatitis und mindestens eine Geschlechtskrankheit. Der thailändische Arzt entließ ihn nach einer Woche aus dem Spital.

Er wurde von den Europäern in Bangkok gemieden. Das, so erinnerte sich der Doktor, mußte gegen Ende der sechziger Jahre gewesen sein. Zu den Botschaftsempfängen wurde er nicht eingeladen, noch nicht einmal zu den dubiosen und traurigen Empfängen der Länder, die sich eigentlich keine Empfänge leisten konnten, wie Bolivien und Libyen. Wenn er in den Bars in Patpong auftauchte, verlachten ihn die amerikanischen

Journalisten, die dort saßen und tranken und den Mädchen zwischen die Beine faßten, als drittklassige William-Burroughs-Kopie. Es machte ihm nichts aus. Er hatte seine Opium-Pfeife, er war Doktor, und er konnte sich so viele Rezepte ausstellen, wie er wollte. Und er hatte viele kleine Thai-Freunde, die alle bei ihm wohnen durften, so lange sie wollten.

Bangkok war eine dampfende Stadt, alles schien zu faulen. Selbst der Beton wurde mit der Zeit grünlich. Aber er lebte gern dort, er liebte seine abgedunkelte Wohnung in der Saladaeng Road mit den kleinen Buben, die für ihn kochten und sich nachmittags, wenn er nüchtern war, splitternackt auf ihn legten und ihm ins Ohr gurrten wie die Tauben.

Manchmal gab es Engpässe, und der Doktor bekam wochenlang weder Opium noch Heroin, und Morphium schon gar nicht. Dann litt er grausame Qualen, aber die Buben pflegten ihn und wischten seine Stirn ab und wechselten täglich die von seinen Exkrementen braun gewordenen Bettlaken und wuschen das Erbrochene von den Wänden.

Jahrelang ging das so, dieses Hindämmern hinter zugezogenen Rollos, und der Doktor merkte nicht, daß er immer magerer wurde, daß sein Hintern nur noch wie ein alter Lappen auf seinen Schenkeln hing und daß ein kleines Kind ihm den Oberarm hätte brechen können, wie einen dünnen, trockenen Zweig.

Dann, es war gerade Regenzeit, kam die Einladung der Universität Banda Neira. Sie hatten einen Posten zu vergeben, die Fakultät und die Universität selbst seien zwar weder besonders groß noch berühmt, aber sie würden sich sehr geehrt fühlen, sollte der Doktor sich zur Zusage entschließen können. Kost und Logis selbstverständlich frei. Man stellte ihm sogar eine kleine holländische Pflanzervilla in Aussicht.

Es gab nicht viel zu überlegen. Er kündigte die Wohnung, entließ die Buben mit ein paar tausend Baht in den Taschen und buchte einen Flug nach Jakarta. Kurz vor der Landung schloß er sich in die Flugzeugtoilette ein und spülte dreißig Ampullen Morphium und zwölf Gramm China White in den Bauch des Flugzeugs. Er war fest entschlossen, ein neues Leben zu beginnen. Die Ampullen verstopften die Toilette, und er zog eine Sandale aus und drückte mit der Sohle das Morphium durch das Loch. Ein paar der Ampullen zersplitterten, und er schnitt sich die Hand auf, aber es war nicht so schlimm. Er wischte das Blut weg und den Schweiß aus der Stirn, richtete die spärlichen Haare im Spiegel und setzte sich wieder an seinen Platz.

Er hatte alles richtig gemacht, dort in Banda Neira. Er hatte Tee-Abende gegeben für die Kollegen und für ihre Familien. Die Fakultät war wirklich nicht groß, aber es gab immerhin zwei ordentliche Professoren, einen Dekan und drei Lehrer. Die Kinder der Professoren spielten dann auf seinem Schoß, und er rauchte Nelkenzigaretten und schenkte Tee nach, während draußen im Urwald die Papageien kreischten.

Irgendwann hatte er sich mit Bem-Pang befreundet, einem Indonesier, der ihm manchmal im Haushalt half und der ab und zu das zitronengelbe Balenciaga-Kleid anzog, wenn die Türen und Fenster des Hauses geschlossen waren. Einmal im Monat bat der Doktor den nicht mehr ganz jungen Bem-Pang, auch ein fliederfarbenes Chanel-Kostüm anzuziehen, den dazu passenden Hut und lange dunkle Samthandschuhe, die er vor Jahren auf der Rue Catinat in Saigon in einem Schaufenster gesehen und für eine unverschämte Summe gekauft hatte.

Dann, nachdem das Kostüm angezogen war, legte der Doktor Katchaturian auf den Plattenspieler und manchmal auch Schostakowitsch, und Bem-Pang tanzte zu der fremden russischen Musik einen indonesischen Ausdruckstanz, die Augen mit schwarzem Kajalstift angemalt. Der Doktor liebte diese schlanken braunen Beine, den leichten Oberlippenbart, die sehnigen Arme, und am meisten liebte er den Ausdruck der vollkommenen Verzückung auf Bem-Pangs Gesicht in der Pause zwischen Katchaturians erstem und zweitem Satz.

Genau daran mußte er jetzt oft denken, auf den Andamanen sitzend, auf der Veranda des Hotels, den Blick weit nach draußen auf See gerichtet, nach dem zehnten Schnaps. Er sah die letzte Bewegung Bem-Pangs, den erhobenen Arm im Samthandschuh, die spärlichen Achselhaare, die vom Chanel-Kostüm wie zufällig nicht bedeckt wurden, dieses Innehalten vor dem Crescendo, diesen exakten Moment, in dem die Musik aussetzte und der Doktor sich eine Stricknadel durch die Brustwarze stieß.

Aber hier, hier auf den Andamanen, war alles so banal geworden. Er hatte natürlich wieder angefangen zu trinken, nachdem er eisern auf Banda Neira ein ganzes Jahr nur Tee zu sich genommen hatte. Und jetzt, nach alldem, nach diesem Leben war sein größtes Ärgernis das Dörrobst, das ihm dieser stupide Kellner brachte, wenn er Salzgebäck verlangte. Ja, Gott, so war es passiert. Er wußte es alles wieder.

Die Sonne ging unter, und es wurde schlagartig dunkel. Er zündete sich eine Zigarette an, bestellte noch einen Schnaps und dachte an die Lieferung, die er übermorgen zu erledigen hatte. Er würde es einfach sein lassen. Die blöden Eingeborenen mußten auf die verrosteten .303-Gewehre eben einen Monat länger warten.

Ein Vogel schrie. Er dachte an Albert Moravia und dann an Hector Barantes, den todesmutigen Felsenspringer von Acapulco, an die ausgestreckten, dunkelbraunen, sehnigen Arme, an den Sturzflug nach unten, knapp an den Felsen vorbei.

Er sah die kurze gelbe Badehose gegen den hellblauen Himmel aufscheinen, er sah das bißchen braune Haut, er sah Hector Barantes fliegen. Tatsächlich, er flog. Dann dachte er an Pornthep, an die ruhigen betrunkenen Abende mit ihm auf der Terrasse seines Hauses, dort am Rand des Urwalds. Im Geist ruhte seine Hand auf Porntheps Arm.

Er bestellte noch einen Schnaps. Der junge Kellner wiegte den Kopf hin und her und verschwand in der Küche. Eine Brise kam von See her und fuhr, durch die Mangrovenwälder, und plötzlich flog ein Schwarm dunkler Vögel hoch in den Nachthimmel.

Der Kellner kam zurück und brachte den Schnaps und eine Schale mit Salznüssen. Dann lächelte er, setzte sich ungefragt dem Doktor gegenüber an den Tisch und schob sich ganz langsam eine Salznuß in den Mund. Die beiden sahen sich sehr lange an.

Christian Kracht
Faserland

Roman
Gebunden

„Kracht bejammert nicht die verstellte Welt, er bilanziert sie." *Der Spiegel*

„Eine ganz normal langweilige Ich-Erzählung." *Stern*

„Gäbe es bei uns einen Literatur-Oscar, dann wäre hier eine Nominierung für die Beste Nebenrolle der Saison durchaus drin." *Die Zeit*

„Kracht entgeht nichts... Sein Blut ist kalt, seine Sinne sind scharf." *Tempo*

VERLAG
KIEPENHEUER
&WITSCH

Christian Kracht und Eckart Nickel
Ferien für immer

Die angenehmsten Orte der Welt
Gebunden

Die Welt ist entdeckt. Aber das Fernweh bleibt. Christian Kracht und Eckhart Nickel haben sich deshalb aufgemacht, für uns die angenehmsten Orte der Welt aufzusuchen.

VERLAG
KIEPENHEUER
&WITSCH

Thorsten Krämer
Neue Musik aus Japan

Roman
KiWi 543

„Mitunter kann man den Eindruck bekommen, man bräuchte nur einmal vor die Tür zu gehen, und schon geriete man in den machtvollen Strudel des Lebens. Aber das stimmt nicht. Es reicht bereits, das Telefon abzunehmen."

Ein wunderbarer Roman über Liebe, Zufall, Sprache, japanische und andere Popmusik, den man lesen kann, wie man eine CD hört: hintereinander oder nach dem Zufallsprinzip.

 Paperbacks bei Kiepenheuer & Witsch

Benjamin v. Stuckrad-Barre
Livealbum

Erzählung
KiWi 546
Originalausgabe

»Livealbum« erzählt von Höhenflügen und Abstürzen, von
skurrilen Erlebnissen mit dem Kulturbetrieb und dessen
Personal, von überwältigendem Feedback und irritierenden
Rückkopplungseffekten.

KiWi Paperbacks
bei Kiepenheuer
& Witsch

Elke Naters
Königinnen

Roman
Gebunden

»Natürlich ist es schöner, wenn man wo ist, wo es schöner ist. Dann sitzt man abends am Meer, und die Sonne geht unter, glutrot, und man denkt sich, mein Gott, ist das schön, eigentlich müßte es mir viel besser gehen, weil das hier so schön ist. Das redet man sich ein, aber besser geht es einem deshalb noch lange nicht. Weil man immer der gleiche Mensch bleibt. Egal, wo man ist. Das will man nur nicht zugeben, weil es so schön ist.«

VERLAG
KIEPENHEUER
& WITSCH